[法] 安托万·德·圣埃克絮佩里 著　　黄荭 译

人类的大地

Terre des hommes

东方出版中心

Antoine de Saint-Exupéry

亨利·吉尧梅，我的伙伴，

我把此书献给你。

目录

我们对自身的认知，大地给我们的教诲比任何书籍都要深远。因为大地桀骜不驯，而人只有在和障碍抗衡时，才会真正认识自己。但是，为了达到这个目的，人需要一个工具。他需要一把刨子，或是一把耕犁。农人在劳作中慢慢窥探到自然的奥秘，而且他得出的真理是普遍的真理。同样，作为航空运输的工具，飞机也把人掺和到所有这些古老的问题中去。

我眼前总是浮现出我在阿根廷第一次夜航的情景。夜深沉，只有平原上零星的灯火在闪烁，像天上的星。

在苍茫的黑夜，每一点灯火都显示着一个人性的奇迹。在这户人家，有人在读书，有人在思索，有人在谈心。在另一户人家，或许有人专心于探测宇宙空间，有人投身于计算仙女座的星云。那里，有人在相爱。原野的灯火闪烁着，越来越远，越来越微弱。直到最不起眼的，那些是诗人、教师、木匠的灯光。而所有这些星星般的生命之火，介于它们之间，又有多少扇关闭的窗户，多少盏熄灭的灯火，多少个沉睡的人……

应该尽力返回。应该设法和其中的几点火光进行交流，那点点灯火在原野上闪烁，越离越远。

一 航线

I La ligne

✦

那是在1926年。我刚作为青年飞行员进入拉泰科雷[1]公司，这家公司早在邮政航空公司和法国航空公司之前承担了图卢兹—达喀尔的航线。我在那里学干这一行。这回轮到我像其他伙伴一样得熬过见习期，这是所有新手有幸上岗驾机前都要经历的。试飞，在图卢兹和佩皮尼昂[2]两地往返，在冰冷的机库角落里

---

1 拉泰科雷公司，由法国飞机制造家拉泰科雷（1883—1943）创建于1917年，1918年12月25日开始从图卢兹到巴塞罗那的商业飞行，1919年航线延长到摩洛哥，1925年延长到塞内加尔的达喀尔。1927年改名航运总公司，20年代末曾一度开辟到布宜诺斯艾利斯的横越大西洋的航线。1932年公司由法国航空公司接管。——原注（其他没有标注的均为译注）

2 佩皮尼昂，法国西南部的城市。

听无聊的气象课。我们的生活充满了对陌生西班牙山岭的畏惧和对老飞行员的崇敬。

这些老飞行员，我们会在餐厅里遇见，他们性情粗暴，有点冷淡，倨傲地给我们提各种建议。当他们中的某一位从阿里坎特[1]或卡萨布兰卡回来晚了，皮外套浸透了雨水，而我们中间有人怯生生地向他打听一路上的情况，他简短的回答和暴风雨的天气为我们营造出一个神奇的世界：到处是陷阱、圈套，突兀的悬崖峭壁、仿佛要把雪松连根拔起的涡流。乌龙守着峡谷口，电光在山顶上乱窜。老飞行员精湛的技艺让我们敬佩不已，不过，偶尔，这种敬佩也会变成永久的缅怀，他们中间有人再也没有回来。

我还记得比里的一次返航——他后来在科比耶尔山脉遇难。这位老飞行员在我们中间坐下，闷头吃饭，一言不发，两肩都累塌了。碰上坏天气的日子，从起点到终点，整条航线上空一片混沌，在飞行员眼里，所有高山都在泥泞里打滚，仿佛断了缆绳的大炮在旧式帆船的甲板上轧来轧去。我看着比里咽了一下口水，

1 阿里坎特，西班牙地中海沿岸港口城市。

终于壮着胆子问他这次飞行是否艰苦。比里没听见，皱着额头俯在盘子上。驾驶敞盖飞机的时候遇到坏天气，飞行员得把身子探到风挡外面才能看清楚，尖利的风声在耳边呼啸，很长时间耳朵都是嗡嗡的。比里终于抬起头，好像听见我的问话，回忆了一下，突然爆发出一阵响亮的笑声。这笑声让我着迷，因为比里平时很少笑，这短促的笑声照亮了他疲倦的容颜。他没对凯旋做任何解释，低下头继续咀嚼，一声不吭。但在灰暗的餐厅，在庸庸碌碌忙活了一整天、此刻在这里恢复体力的小公务员中间，这位肩膀宽厚的同伴在我眼中有一种奇异的高贵。在他粗壮的外表下，显露出曾经降龙伏虎的天神气概。

那个晚上终于来临了：轮到我被叫到经理的办公室。他只对我说："你明天出发。"

我站着候在那里，等他示意我离开。但是，沉默了一会儿，他又说："所有规章你都知道吧？"

在那个年代，飞机发动机的性能没有现如今那么可靠。它们常常突然不听使唤，只听见一阵摔碎碗碟的嘈杂，之前一点征兆也没有。飞行员只好任凭飞机滑向西班牙山石嶙峋、无所依托的地表。"这时候，如果发动机坏了，”我们常说，“那飞机，哎！也很快就会玩完。”尽管飞机坏了可以换新的。最重要的是不要盲目地去靠近岩石。所以公司禁止我们在山区上空的云海里飞行，违者要受到最严厉的处分。遇到故障的飞行员陷入白茫茫一片混沌，会因为看不见山峰而一头撞上去。

这也是为什么，那天晚上，一个缓慢的声音把那条规章又最后重申了一遍：“在西班牙的云海上空靠着指南针飞行的确很美，也很优哉，但是……”

接着，声音变得更加缓慢：“……但你要记住：云海之下……是千古。”

钻出云层，眼前豁然呈现出一个单纯、平静的世界，霎那间，我认识到一种从未体会过的价值。这份静谧是一个陷阱。我想象那个在我脚下铺展开来的巨大的白色陷阱。在飞机下面，就像人们所期待的，既没有世人的骚乱动荡，也没有城市的喧嚣，有的只是更为纯粹的寂静，和更为绝对的和平。这白茫茫的云絮对我来说，就是现实与虚幻、已知和不可知之间的界线。我也意识到，任何景观如果不通过一种文化、一种文明、一种职业去揣摩就不会有任何意义。山区的居民也见过云海，但他们却无法从中发现这道神奇的屏障。

从办公室出来，我像孩子一样洋洋得意。天一破晓，就轮到我承担起运载旅客、运载寄往非洲的邮件的责任了。但我也很心虚。我觉得自己准备不足。西班牙备降场地很少，我怕遇到大故障的时候不知道到哪里去找临时的栖身之地。我也曾趴在空洞的地图上查看，没找到自己所需的信息。因此，带着胆怯又骄傲的复杂心情，我到同伴吉尧梅家度过了紧张的前夕。吉尧梅在我之前飞过这条航线，他知道那些诀窍，那些可以打开西班牙奥秘的钥匙。我需要吉尧梅的指引。

当我走进他的房间，他笑着说："我已经听说了，你高兴吧？"

他走到壁橱前拿出波尔图酒和杯子，之后回到我身边，一直笑眯眯的："让我们为此干一杯。你瞧好了，一切都会顺利的。"

他撒播信心就像灯散播光明。这位伙伴后来创造了横越安第斯山脉和南大西洋邮政航空的记录。而在几年前的这个晚上，他穿着衬衫在灯光下交叉着双臂，笑得那么和蔼，只简简单单地对我说："暴风雨、浓雾、大雪，有时它们会为难你。但你要想想那些在你之前领教过它们的人，只要对自己说：‘既然其他人都撑过来了，那我也一定可以。’”但我还是摊开地图，请他好歹跟我一起再温习一下航程。于是，伏在灯光下，挨着老飞行员的肩膀，我又找到了学生时代的宁静。

我那天听到的地理课是多么奇特啊！吉尧梅并没有把西班牙当知识传授给我，而是把它当一个朋友介绍给我。他既不跟我讲西班牙的水文，也不跟我讲它的居民和畜养的动物。他不跟我谈瓜迪克斯城[1]，却跟我谈长在瓜迪克斯城外一块农田边上的三棵橙树：“要提防它们，把它们标在你的地图上……”从此，这三棵橙树在我的地图上所占的位置要比内华达山脉还要显著。他不跟我提洛尔卡[2]，却大谈洛尔卡附近一个普普通通的农庄，一个充满活力的农庄。他谈农庄的主人，谈农庄的主妇。这对夫妇虽然远在天边，和我们相隔一千五百公里，却显得无比重要。他们定居在山坡上，就像灯塔看守人一样，在星空下时刻准

1 瓜迪克斯，西班牙安达卢西亚地区格拉纳达省城镇。

2 洛尔卡，西班牙穆尔西亚省城镇。

备为他人提供救援。

于是，我们从不可思议的远方和被淡忘的记忆中获得了不为世界上所有地理学家所知的细节。因为地理学家感兴趣的，只是哺育了多个大城市的埃布罗河，而不是这条位于莫特里尔西部、隐藏在乱草丛中、滋养着三十几朵鲜花的小溪流。“要提防那些河流，它把场地破坏了……也把它标在你的地图上。”啊！我会记住莫特里尔那条蛇一样的小河！它普普通通，只有潺潺的水声呢喃吸引着几只青蛙，但它歇息的时候也睁着一只眼。在离此地两千公里以外天堂般的紧急降落场上，它躺在草丛中窥视着我。一有机会，它就会把我变成一束火焰……

我也毫不畏惧地等着对付那三十头气咻咻的绵羊，它们在山坡上伺机而动。“你以为这片草地上空无一物，忽然呼啦一声，冒出三十头绵羊冲着你的飞机轮子就过来了……”我呢，听到如此凶险的威胁，忍不住惊讶地笑出声来。

慢慢地，在灯光下，我地图上的西班牙变成一个童话里的国度。我画一个十字标出避难所和陷阱，给那个农场、那三十头羊、还有那条小河都画了标记。我还精确地标出了被地理学家忽视了的牧羊女的位置。

当我跟吉尧梅道过别后出来，感到自己需要在这个寒冷的冬夜走一走。我把大衣领子立起来，走在陌生的路人中间，心潮澎湃。揣着我的秘密和陌生人擦肩而过，我感到非常自豪。他们不认得我，这些野蛮人，但是拂晓时分，他们的烦恼、他们的激情都将和邮包一起托付给我。要经由我的双手放飞他们的希望。就这样，我走在他们中间，迈开保护者的步伐，但他们对我的这份关切却一无所知。

他们也根本体会不到黑夜传递给我的信息。因为这场正在孕育的暴风雪和我休戚相关，它会让我的初航变得更加艰难。星星一颗接一颗地消隐，这些路人又怎么能明白呢？我是唯一知道底细的人。在战斗之前，有人已经把敌人的排兵布阵透露给我了……

然而，这些召唤我投身其间的豪言壮语，我是在摆放着光彩夺目的圣诞礼物的橱窗边感受到的。在暗夜里，仿佛世界上所有的珍宝都陈设在那里，我却一点也不动心，我为自己的超然物外感到自豪和陶醉。我是一个要赴难涉险的战士：这些用于节日的夜晚、光可鉴人的水晶饰品，这些灯罩和书籍，和我又有什么相干？我已经沉浸在云霞雾霭里，咬到作为飞行员所要品尝的夜航的苦果了。

凌晨三点，我被人唤醒。我用力推开百叶窗，看见城里下着雨，我神情肃穆地穿上衣服。

半小时后，轮到我坐在小行李箱上，在水汪汪、明晃晃的人行道上等公司的班车来接。在我之前，有多少即将踏上征程的伙伴也曾像我一样心情沉重，受着这等待的煎熬？车终于出现在街角，一辆老式的车子，哐当哐当作响。轮到我像其他伙伴一样有权坐在长板凳上，挤在睡眼惺忪的海关职员和几个公务员中间。车上弥漫着封闭的霉味、积尘的机关和破旧的办公室的沉闷气息，人一旦陷在这样的办公室里就难以自拔了。车子每五百米一停，好让某位秘书、海关职员或一个督察员搭乘。车上已经睡着的乘客嘟囔着回应刚上车的新乘客的问候，后者勉强找位置坐下来，也很快打起盹来。在图卢兹高低不平的石子路上，这是一辆阴郁的车子，飞行员混坐在公务员中间，一点也不起眼……街灯一盏盏闪过，机场渐渐近了，这辆颠簸的老爷车成了一只灰色的蛹，人一旦出来，便是脱胎换骨。

就这样，每位同志[1]都曾在某一个相似的黎明感受到自己从一个地位低下、受督察员训斥的小人物一下子变成飞西班牙和非洲邮航班机的机长。三小时后，他就要成为在闪电中迎战奥斯皮塔莱[2]巨龙的勇士……再过四小时，降伏巨龙后，他就完全有权力自由决定是绕行海路还是直接飞越阿尔科伊[3]的崇山峻岭，他将挑战风暴、高山和海洋。

就这样，每位同志都混杂在默默无闻的人群中，在图卢兹冬日阴霾的天空下，在某一个相似的黎明，感到自己将成为主宰。五小时后，他将把北方的雨雪和寒冬抛在身后，他将减慢马达的转速，准备在阿利坎特盛夏的灿烂阳光里降落。

这辆老式的班车已经消失了，但它的坚硬和不舒适的感觉却让我记忆犹新。它象征着从事我们这个既艰辛又快乐的工作所必需的准备工作，一切都那么质朴可感。我还记得，三年后的某一天，就在这车上，还没和别人说上十句话，我便获知飞行员勒克里万的

---

1 圣埃克絮佩里在全文称呼自己的飞行员同事均为“同志”。

2 奥斯皮塔莱，西班牙地名。

3 阿尔科伊，西班牙地名。

死讯，在某个雾茫茫的白天或夜晚，他像航线上其他成百名的飞行伙伴一样，永远地退隐了。那也是凌晨三点，周围也是一片寂静，忽然我们听到黑暗中经理抬高嗓音对督察员说：“勒克里万昨夜没有在卡萨布兰卡着陆。”

“啊！”督察员回答，“是吗？”像突然被人从梦中拖出来，他努力让自己清醒过来，为了表示他的关切，他又问道：“啊，是吗？他没飞过去？他半道返航了？”

在车厢深处只传来一句简单的答复：“没有。”我们期待着听到下文，却什么话也没听到。几秒钟过后，显然这个“没有”后面真的没有其他下文了。这个“没有”是终审判决，勒克里万不只是没有在卡萨布兰卡着陆，他永远都不会在任何地方着陆了。

因此，这个早上，在我第一次邮航的黎明，轮到我履行从事这个行业的神圣仪式。透过车窗望向映着街灯的明晃晃的碎石子路，我感到不踏实。看着一阵阵风掠过地上的水洼，我心想：“对我的第一次邮航来说……真是的……我真不走运。”我抬眼看着督察员：“是坏天气吧？”督察员倦怠地瞥了一眼窗外，好歹嘟囔了一句：“还说不准。”我寻思坏天气的征兆是什么。昨晚，吉尧梅的一个笑容就驱散所有压在老飞行员心上的不祥预兆如今又回到我的脑海中。“谁不了解航线上的一山一石，如果遇上暴风雨，那可够他受的……是啊，够他受的！……”他们要维护自己的威信，他们摇摇头，用带着怜悯、让人有些难堪的目光打量我们，仿佛为我们的天真幼稚而叹惋。

是啊，这辆班车曾为我们中多少人提供过最后的庇护？六十个？八十个？也是在下雨的凌晨，由这位沉默寡言的司机驾驶着。我环顾身旁：几点烟蒂在黑暗中闪亮，伴着吸烟者的沉思，默想那些上了年纪的职员的平凡心事。他们给我们当中多少人当过送终的殡客？

无意间，我也听到了他们低声细语的谈心。谈疾病、谈钱财、谈家长里短的烦恼。这些交谈显露出禁锢着他们的黯淡监牢的围墙，蓦地向我揭示了命运的真实脸庞。

我眼前的这位同事是个老公务员，他得不到解救，对此又无能为力。你用水泥封死了所有透光的缝隙，像白蚁那样，这才营造了内心的平静。你蜷缩在小资阶层的安乐窝里，墨守成规，被禁锢在外省人的繁文缛节里，你筑起一道卑微的围墙，挡住了风雨潮汐也挡住了日月星辰。你不愿意费心去想大事情大道理，你千方百计就是为了忘却人类的状况。你根本就不是流浪行星上的居民，你从不问自己一些没有答案的问题：你只是图卢兹的一个小资产者。就算为时未晚，也不会有人把手搭在你的肩膀上。现在，作为你身体的黏土已经变得又干又硬，什么也不能唤醒沉睡在你身上的音乐家或先前曾栖居在你身上的诗人或天文学家了。

我不再抱怨狂风暴雨了。飞行员这个职业的魅力为我开启了另一个世界，两小时内，在那里，我要应战乌龙和电闪雷鸣的山峰；在那里，突出重围后，我要在夜幕下的星辰中间找寻自己的道路。

这就是我们职业的洗礼，此后我们开始航行，通常，这些航行都是平安无事。我们像专业潜水员一样，安全地降落在我们职业领域的深处。今天人们对这一领域的探索已经很多了。飞行员、机械师和报务员已经用不着冒险尝试，他们只是关在一间实验室里。他们只需遵循仪表上指针的指示，用不着关注景物的变幻了。窗外，群山隐没在黑暗里，它们已经不再是山峦，而是当你靠近时需要计算的无形的力量。报务员在灯下老老实实地记录数据，机械师在地图上标出飞机所在的位置。如果群山偏移了，如果他原本想从左边抄过去的山峰忽然无声无息、偷袭似的出现在他面前，飞行员就得修正飞行路线。至于地面监控站的报务员，他们也老老实实地在同一秒里把同行的话记录在工作本上："零时四十分。航向230度。机上一切正常。"

今天的机组人员就是这样旅行的，他们一点也感觉不到自己在飞行。就像在大海上行船，他们远离所有的航标，但马达的震颤声充满了这间明亮的机舱，改变它的面貌。时间在流逝。在这些仪表盘、在这些无线电灯和指针上进行着一整套肉眼看不见的炼金术。随着时间一秒一秒地过去，这些神秘的手势，这些低沉的话语，这种专注都在为一个奇迹做着准备。等时机一到，飞行员的额头就贴到窗玻璃上。他准能发现：金子已然在虚无中炼成，它在中途站的导航灯中间熠熠生辉。

然而，我们也都经历过这样的航行：离中途站还有两小时的航程，突然，一个特别的视角给我们启示，我们意识到自己偏离了航向，这比去印度给人的感觉还要遥远，我们以为再没有返航的希望了。

当梅尔莫兹首次驾驶水上飞机穿越南大西洋，黄昏时分，他抵达波托努瓦尔区域[1]的情形就是这样。他看到几条龙卷风的风尾，就好像筑起了一堵墙，之后夜色降临，将一切遮得严严实实。一小时后，他钻进云层底下，进入一个神奇的王国。

海面上，旋风卷起水柱，岿然不动，像寺庙里一根根黑色的大柱子。它们顶端凸起，撑着暴风雨阴沉而低压的拱顶，透过拱顶裂开的缺口泻下一道道光芒。一轮圆月照着柱子间大海冰冷如石板一样的水面。梅尔莫兹在这片渺无人烟的废墟上继续前进，在一道道光里穿梭，绕过一根根巨大的柱子，那些柱子无疑是海水升腾的咆哮。就这样跋涉了四个小时，沿着倾泻下来的月光向庙堂的出口飞去。那情形是那么惊心动魄，以至于梅尔莫兹闯出波托努瓦尔后，才发现自己当时竟然顾不上害怕。

我也忘不了穿越现实世界边缘的时时刻刻，记得那一晚，撒哈拉沙漠中途站发来些错误的无线电定向数据，报务员内里和我，我们被骗得很惨。当我看到浓雾下粼粼的波光，马上掉转机头向海岸的方向飞行。

---

1 波托努瓦尔，南大西洋赤道附近，是一个多暴雨的区域。

我们也不知道已经朝外海的方向飞出多久了。我们一点也不肯定能否再飞回海岸，因为汽油可能不够。而且就算飞回海岸，我们还得搜索中途站停靠。已是月落时分，没有飞行角度情报，已经成了聋子的机组人员慢慢就要变成瞎子了。月亮渐渐消隐，像一块苍白的炭火浮在雪原一样的雾霭上。我们头顶的天空浓云密布，此后，我们就在云雾里飞行，在一个没有光线、没有物质的空荡荡的世界里飞行。

和我们联络的中途站放弃了为我们提供方位信息："方位不明……方位不明……"因为我们的声音对他们而言似乎来自四面八方却又无迹可寻。

就在我们灰心失望的时候，左前方的地平线上突然冒出一点亮光。我高兴得心潮澎湃，内里也向我俯身过来，我听到他在唱歌！那只可能是中途站，只可能是中途站的导航灯。因为在撒哈拉沙漠，到了夜里一切都熄灭了，形成一片广袤的死寂。可灯光闪了几下就熄灭了。原来我们是在朝一颗星星飞行，它在落到地平线上的那几分钟里是可以看见的，就在云层和雾气之间。

就这样，我们又看到其他的亮光，我们暗暗抱着希望依次朝它们飞去，当亮光久久不熄，我们就做生死攸关的试验：“看见火光。”内里命令锡兹内罗斯的中途站：“熄灭你们的导航灯，然后再亮三下。”锡兹内罗斯把灯熄了又再点燃，但我们盯着看的那点狠心的亮光居然一闪也不闪，那只是颗无动于衷的星星而已。

虽然汽油渐渐耗尽，我们还是每次都去咬那只金色的钓饵，每次我们都以为它真的是导航灯的亮光，每次都以为找到了中途站，绝处逢生了，然而每次我们都不得不转向另一颗星星飞去。

从那时起，我们感到自己迷失在太空里，迷失在遥不可及的群星里，寻找那颗唯一正确的行星，我们的那颗，唯一的那颗有着我们熟悉的风景、家园亲友和温馨的行星。

只有这颗星上才有……我要给你们描述我眼前浮现的、在你们看来可能稚气可笑的景象。但就是在危急关头，人还是少不了做人的烦恼，我感到口干舌燥，饥肠辘辘。如果我们能找到锡兹内罗斯，加满了油，我们就可以继续上路，在清凉如水的大清早降落在卡萨布兰卡。工作结束了！我和内里就可以进城。在黎明时分找一家已经开张的小酒吧……内里和我就放心地大吃一顿，对着羊角面包和牛奶咖啡笑谈前一夜的经历。内里和我将接受生命赋予的这份黎明的礼物。老农妇心目中的上帝是和一张画像、一枚朴实的圣章、一串念珠联系起来的：必须用一种简单的语言让我们理解这一点。这样，生的喜悦才表现在喝这第一口热乎乎、香喷喷的牛奶、咖啡和小麦的混合物上，从而感受到宁静的牧场、异国的植物和庄稼，从而感受到整个大地。在繁星当中，唯有这一颗才会把这碗芬芳的早餐送到我们的面前。

但是我们的飞机和人类居住的大地间的距离越来越难以逾越。世界上所有的宝藏都藏在这粒迷失在群星之间的尘埃里。星象学家内里为了找到它，一直在乞求星星的指引。

突然，他一拳打在我肩膀上。我看见这一拳递过来的纸头上写着："一切顺利，我收到一个很好的消息……"我的心怦怦直跳，等着他继续写上可以救我们脱困的片言只语。我终于收到了上天的馈赠。

这份电报是前一晚，从我们离开的卡萨布兰卡发来的。转发时耽误了，在我们飞出两千公里，迷失在云层和雾气茫茫的海上的时候却突然发到了。电报是国家代表在卡萨布兰卡的机场发的。我看到："圣埃克絮佩里先生，我不得不要求巴黎来处罚你了，因为你在卡萨布兰卡起飞的时候，飞机转弯的时候离机库太近。”我在转弯时离机库太近，这是事实；这个人生气是因为恪尽职守，这也是事实。要是在机场的办公室，我一定会低声下气地接受这样的指责。但是，它却偏偏在不该找到我们的地方找到了我们。它和稀疏的星星、茫茫的云雾还有骇人的大海太不协调了。我们此时掌握着自己的命运、邮件的命运还有飞机的命运，为了生存，我们驾驶这架飞机已经够辛苦的了，而这人却冲我们发泄他小小的怨气。但是，内里和我，我们不仅不生气，反而感到欣喜万分。在这里，我们才是主人，是他让我们发现这一点。这个小下士，难道他没有从我们的袖章上看出我们已经提升做上尉了吗？他打搅了我们的思绪，我们当时正庄重地从大熊星座向人马座飞去，正为月亮的变幻莫测烦恼呢……

这个人所在的星球的唯一的、刻不容缓的任务就是向我们提供精确的数据，以便我们在星辰之间进行计算。而数据竟然是错误的。所以眼下，这颗星球最好还是免开尊口。内里给我看他写的：“与其玩这些愚蠢的花样，他们还不如把我们指引到某一个地方……”对他而言，“他们”囊括了地球上所有的人，连同他们的议会、他们的参议院、他们的海军、他们的军队和他们的皇帝。就在重读这个自以为抓到我们小辫子的不可理喻的小子发来的电报的同时，我们朝水星侧飞过去。

是一个最离奇的巧合救了我们：大限到了，我们放弃一切抵达锡兹内罗斯的希望，打算朝着海岸方向直飞过去，直到汽油耗尽。这样我至少还能碰碰运气，不至于沉落到海里。不幸的是，天晓得那些骗人的导航灯已经把我们带到了哪里。不幸的是，雾气那么浓，在这茫茫暗夜，我们根本不可能顺利着陆而不机毁人亡。但我别无选择。

当时的情形是那么明显，所以当内里递给我一条早到一小时或许可以救我们脱险的信息的时候，我只是黯然地耸了耸肩。信息是这样的："锡兹内罗斯决定再次为我们提供方位。锡兹内罗斯指示：疑为两百十六度……"锡兹内罗斯不再沉溺在黑暗里，它就在那里，切切实实在我们的左前方。是的，可距离我们多远呢？我和内里简略地商谈了几句。可惜太晚了。我们都这么想。如果向锡兹内罗斯飞行，那我们错过海岸的危险就会增大。所以内里这样答复："由于油只够飞行一小时，继续九十三度航向。”

然而，中途站一个接一个地苏醒了。我们的对话也夹杂了从阿加迪尔、卡萨布兰卡和达喀尔传来的声音。每个城市的无线电站都向机场告了警。每个机场场长也都向地面人员告了警。慢慢地，他们都聚集在我们周围，好像围守在病人的床边。虽然这份热忱无济于事，但毕竟是一片热忱。虽说建议都派不上用场，听着却是那么温馨！

突然图卢兹也出现了，图卢兹，航线的起点站，远在四千公里的天边。图卢兹一下子插进来，直接就问：“你们驾驶的飞机不就是F……（编号我忘记了。）”

“正是。”

“那你们还有飞两小时的汽油。这架飞机的油箱不是标准油箱。往锡兹内罗斯飞。”

✦

就这样，职业的种种需要改造并丰富了世界。其实根本用不着经历类似的夜晚让飞行员发现这些旧景观的新意蕴。让乘客生厌的单调的风景，对飞行员来说却不是那么回事儿。这挡住地平线的大片云团，在他眼里根本就不是一种景致：它会牵动他的肌肉，给他制造麻烦。他已经在考虑，在权衡，一种真正的语言把他们联系在一起。这是一座山峰，离得还远，它将露出怎样的面目？在月光下，它会是个便利的航标。但如果飞行员盲目驾驶，偏离位置难以纠正，对自己的方位又拿捏不准，山峰就会变成炸药，使整个夜晚充满杀机，仿佛是隐在水中的一枚水雷，随波漂流，弄得大海危机四伏。

海洋也是这样变幻莫测。对普通的旅客来说，风浪是看不见的：从那么高的地方往下看，波浪没了起伏，浪花也好像静止不动。只见仿佛一排排白色的棕榈铺展开来，叶脉和毛口清晰可见，被冰封住了一样。但机组人员判断此地是万万不可降落的。那些棕榈在他们看来就像是巨大的毒花。

就算是一次轻松的航行，在航线上驾机的飞行员看到的也不会是单纯的风景。那些天地绚烂的颜色，风吹海面的波光粼粼，落日熔金的云霞暮霭，他根本就无暇欣赏，它们只能引起他的沉思。就像一名农夫在田间巡视，从万千的迹象里预见春天的步履、霜冻的威胁、雨水的来临。职业飞行员也一样，读解下雪起雾、良宵吉夜的迹象。飞机起初好像是要让他避开这些风险，其实是让他更严峻地面对自然巨大灾难的种种考验。独自站在由满天风暴组成的广袤的法庭上，飞行员要和三种原始神力争夺邮件：高山、海洋和风暴。

二 同志

II

Les camarades

1

梅尔莫兹和几位同志创建了从卡萨布兰卡到达喀尔、横越桀骜不驯的撒哈拉沙漠的法国航线。那时的发动机一点也不耐用，一次故障让梅尔莫兹落到了摩尔人的手中——他们犹豫是不是要杀他，在把他关押了两周后，他们把他卖了。梅尔莫兹重新开始邮航，依然飞翔在同一片土地上空。

开辟南美洲航线的时候，一直打前锋的梅尔莫兹负责考察从布宜诺斯艾利斯到圣地亚哥这一段的航程。在飞架了撒哈拉沙漠的空中桥梁之后，他要在安第斯山脉上空架起另一座空中桥梁。公司交给他一架限飞五千两百米高度的飞机，而科迪耶拉山系的山峰却高达七千米。所以梅尔莫兹要起飞去寻找群峰的隘口。继沙漠之后，梅尔莫兹要迎战高山：山峰上风雪的肆虐，暴雨前万物的苍白，以及夹在两堵峭壁之间把飞行员逼得如上刀山的强劲旋涡。梅尔莫兹投身于这场战斗，既不了解对手的底细，也不知道是否可以突出重围得以生还。梅尔莫兹是在为别人“试验”。就这样“试验”来“试验”去，终于有一天，他成了安第斯山脉的俘虏。

在海拔四千米的高原上，周围是陡峭的悬崖，机械师和他花了两天时间都没能找到出路，他们被困住了。于是，他们只能尝试最后的机会，驾驶飞机向深谷俯冲。飞机在高低不平的地面上颠簸，一直滑到悬崖边，然后栽下去。飞机下降的过程中终于达到一定的速度，可以听从人的操纵了。迎面是一座山峰，梅尔莫兹拉高飞机，擦峰而过，水从晚上冻裂的所有水管接缝里喷溅出来，这些水管在飞行七分钟后就出了故障。这时，他们发现脚下是智利平原，就像看到了一块福地。

翌日，他又继续飞行。

当安第斯山脉勘探结束，飞越技术一旦成熟，梅尔莫兹就把这一段航程交给他的伙伴吉尧梅，转而去探索夜航了。

当时，中途站还没有配备照明设施，在漆黑的夜里，我们在降落场地上迎着梅尔莫兹飞来的方向用汽油点燃三堆一字排开的微弱的火光。

他顺利着陆，开辟了夜间航线。

黑夜乖乖被驯服后，梅尔莫兹又去探索海洋。于是，从 1931 年起，从图卢兹出发的邮件第一次在四天内就抵达布宜诺斯艾利斯。返航途中，梅尔莫兹在南大西洋上空波涛汹涌的茫茫大海上碰到一次汽油故障。是一艘轮船救了他、邮件和机组人员。

就这样，梅尔莫兹开垦了沙漠、高山、黑夜和海洋。他不止一次陷落在沙漠、高山、黑夜和海洋里。而他每次返航，都是为了再次出发。

工作了十二年后，终于，在他再次飞越南大西洋的途中，发出一封简短的电讯，说他把后面的发动机关了。接着便沉寂无声了。

这也不像是条令人担忧的消息，可是，十分钟的沉默过后，从巴黎到布宜诺斯艾利斯，整条航线上的无线电台都开始警惕焦虑起来。因为十分钟的延误在平常生活里并没什么大不了的，但发生在邮航上却有着惨重的意义。这死一般的沉默里包含了一桩不为人知的变故。重要也好，不幸也罢，反正都过去了。命运已经作出了它的终审判决，再也不能上诉了：决定机组在海上平安降落或葬身鱼腹的，是那只命运的铁手。只是这份判决书没有向等待的人们宣读。

我们中间谁没有体验过这种越来越渺茫的希望？经历过这种像每分钟都在恶化的绝症一样的沉默？我们满怀希望，随着时间一小时一小时地过去，渐渐地，一切都太迟了。我们终究不得不承认，我们的同志再也不会回来了，他们将安息在南大西洋里，在那里的上空，他们曾辛勤耕耘。梅尔莫兹算是功成身退，就像收获庄稼的农人，把庄稼捆扎好后就躺倒在他的地里休憩。

当一位同志就这样离去，他的殉职似乎也算是死得其所，可能不像其他的死法那么让人悲痛。不错，在最后一次航线调动后，他已经离开了我们，我们没了他也不像没了面包一样。

的确，我们已经习惯了久别重逢。因为航线上的伙伴们都分散在世界各地，从巴黎到智利的圣地亚哥，各成一方，像互不交谈的哨兵。只有在旅途上偶然相遇，才使航空大家庭天各一方的成员在某地得以团聚。

在卡萨布兰卡、达喀尔或布宜诺斯艾利斯，某个晚上，大家围坐在桌旁，多年不通音讯的朋友又谈开了，一起重温旧事故人。之后，大家又各奔东西。大地就是这样既荒芜又富饶，说它富饶，是因为它隐藏着许多秘密花园，它们难以企及，但职业总有一天会把我们带到那里。这些同志，生活可能把我们和他们分离，避免我们去多想他们，但他们就在某个地方，虽然我们不知道具体在哪儿，他们默默无闻，却是如此忠贞！如果我们在途中不期而遇，他们就会兴高采烈地用力摇晃我们的肩膀！的确，我们习惯了等待……

慢慢地，我们发现某位伙伴爽朗的笑声再也听不见了，我们发现这一座花园成了我们永远的禁区。于是，真正的悼念开始了，不是撕心裂肺的悲痛，只是淡淡的苦涩。

的确，什么都无法替代失去的伙伴。老朋友不是说有就有的。什么都比不上共同的回忆来得珍贵，那些同甘共苦的日子，那些别扭，那些和解，那些心灵相通的过去。这样的友谊是无法重建的。种了一棵橡树，马上就想坐在树底下乘凉是不可能的。

人生也是如此。我们得先充实自己，我们先前花了几年时间种的树，在之后的几年被岁月摧残了、砍伐了。同志们一个个从我们身边销声匿迹。在我们的哀悼中，从此暗暗夹杂了对年迈的惋惜。

这就是梅尔莫兹和其他同志给我们的教诲。一个职业的伟大，或许首先在于它可以团结众人：真正弥足珍贵的，就是人和人之间的关系。

如果只为谋求物质财富而工作，那我们打造的就是自己的牢笼。钱财不过是过眼烟云，它不能为你提供生命价值，只会让你封闭孤立。

假如要我在记忆中搜寻难忘的往事，假如我对过去重要的时刻做一个总结，我能肯定没有一件是财富给予的。金钱买不到梅尔莫兹这样一个人的友谊，金钱也买不到和我们共患难、从此永远维系在一起的同志的友谊。

那一夜的飞行和成千上万的星星，那份静谧，那几小时的崇高，金钱是买不到的。

经历艰险之后呈现在我们面前的世界的新面貌：树木、鲜花、女人、黎明时分为我们的生还而绽放出的清新灿烂的笑容，让我们感到欣慰的平凡琐事，这一切都不是金钱可以买到的。

还有在抵抗区度过的难忘的夜晚，那也不是金钱可以买到的。

我们邮政航空公司的三个机组人员，在日落时分迫降在里约德奥罗[1]的海岸上。我的伙伴里盖勒由于传动机连杆折断，第一个降落；另一个伙伴布尔加为了接应他的机组人员也在此着陆，但一个小故障让他的飞机钉在地面飞不了了。我是最后一个着陆的，但当我到的时候，天色已晚。我们决定抢救布尔加的飞机，为了让修理工作顺利进行，我们决定等到天亮再动手。

一年前，我们的同志古尔和艾拉勃尔就是因故障在这里降落，并被抵抗部落杀害了。我们知道，今天碰巧也有一队拥有三百支枪的土匪驻扎在博哈多尔角的某地。我们三架飞机降落，打大老远都看得见，想必已经惊动了他们。我们开始守夜，这也许是我们最后一次守夜了。

我们已经做好了过夜的安排：从行李舱内拖出五六只货箱，把它们倒空，排成一圈，在每个箱子里点一支蜡烛，就像在岗亭里点的那种，经不起风吹。

1　里约德奥罗，原西部撒哈拉的西班牙保护领地。

就这样，在茫茫沙漠，在光秃秃的地壳上，就像洪荒时代的遗孤，我们建立了一个人间村落。

在我们村子广阔的天地里，围坐在被箱子里摇曳的烛光照亮的巴掌大的沙地上，我们等待着。我们等来的可能是黎明获救，也可能是摩尔人的袭击。我不知道是什么让这个夜晚有点圣诞节的味道。我们谈谈往事，说说笑话，唱唱歌谣。

我们好像在欢度一个精心准备的节日，品尝着轻松愉悦的气氛。虽然我们一贫如洗，只有风、沙和星星。不啻于特拉普[1]式的苦修。在这块昏暗的沙地上，六七个人在这世上一无所有，除了他们的回忆，却分享着同一份无形的财富。

我们终于相聚了。常年来，我们并肩前进，彼此沉默着，不然也只是几句无谓的寒暄。而现在到了危急关头，我们要互相支持，发现大家都属于同一个集体。了解他人有助于升华自我。我们相视而笑，就像获释的囚犯，面对无边无际的大海，感到心旷神怡。

1 特拉普修会，天主教的一个教派，成立于十七世纪，以苦修著称。——原注

2

吉尧梅，我要说说你，但我不会喋喋不休地谈你的英勇、你的专业才干而让你感到不自在。在讲述你最精彩的冒险经历时，我想描绘的是其他一些东西。

那是一种说不出来的品质，或许可以用“严肃”去形容，但这个字眼也不能令人满意。因为这一品质也可以伴随最欢欣的笑容。这也是木工师傅应有的品质，在木工房里，他平等地对待每一根木条，抚摸它、测量它，绝不草率地对待它，而是根据它的质地纹理因材施用。

吉尧梅，以前我读过一篇赞颂你冒险事迹的故事，我就是要和这个歪曲你形象的故事算算老账。在那篇文章里，人们看到你说些伽弗洛什[1]式的俏皮话，好像生死攸关、大难临头之时，勇气就表现在降低身份、开些中学生式的玩笑上。人们不了解你，吉尧梅。在和你的对手较量之前，你并不认为有嘲笑他们的必要。在恶劣的暴风雨面前，你有你的判断：“这是一场恶劣的暴风雨。”你承认它并估量它。

1　伽弗洛什，雨果长篇小说《悲惨世界》中的一个顽皮又可爱的儿童形象。

在这里，吉尧梅，我要用我的回忆为你作证。

那是冬天，在一次飞越安第斯山脉的途中，你已经失踪了五十个小时。我从巴塔哥尼亚的腹地回来，到门多萨[1]和飞行员德莱会合。连续五天，我们俩驾机在峰峦叠嶂里搜寻，却一无所获。单单我们两架飞机根本不够。在我们看来，就是有一百个中队，飞上一百年，也不见得能把这片峰高七千米、苍茫广袤的群山搜索完。我们失去了一切希望。即使是走私贩子，那些在当地为了五法郎就敢作案的土匪也回绝了我们，不愿意冒险把救护队带进山。“我们可是要冒生命危险的，”他们对我们说，“冬天的安第斯山脉是不会让一个活人生还的。”当我和德莱在圣地亚哥着陆时，智利官员也劝我们中止搜寻工作。“这是在冬天。你们的同志，就算他没有摔死也熬不过寒夜的。在山上，夜里是会把人冻成冰的。”所以，当我再次在安第斯山脉的峭壁和峰柱间穿梭的时候，我觉得自己不是在找你，而是在冰雪的大教堂里静默地守着你的遗体。

1 门多萨，阿根廷城市名。

最后，在第七天，我趁两次飞行的间隙在门多萨的一家餐厅吃饭。一个人推开餐厅的门，大叫："呀！不得了了！吉尧梅……还活着！"

在场所有认识不认识的人都互相拥抱起来。

十分钟后，我又起飞了，载着两位机械师勒费弗尔和阿布里。四十分钟后，我顺着一条公路降落，我也不知道凭什么就认出了那辆载着你从圣拉斐尔出来的汽车，也不知道它要带你去哪里。这真是一次激动人心的重逢，我们大家都哭了，我们紧紧地拥抱你，拥抱死里逃生、创造了奇迹的你。这时你说出了第一个清晰的句子，表达了作为一个人的无限自豪："我所做的，我敢发誓，是任何其他动物永远都做不到的。"

后来，你跟我们描述了那次事故。

一场风暴在四十八小时内，在智利境内安第斯山脉的山麓上堆起了五米厚的积雪，堵住了所有隘口，泛美航空公司的美国佬已经半途折回，但你还是起飞去寻找天空的某个缺口。你在稍微偏南的方向发现了这个陷阱，现在，你爬升到六千五百米的高度，云层最高在六千米的地方，只有几座高峰冲破云霄，你朝阿根廷飞去。

下降的气流有时会给飞行员造成奇怪的不适感。发动机运转正常，但飞机却一头往下扎。为了能保持一定的高度，你把飞机向上拉，但飞机的飞行速度下降了，变得有气无力：飞机一直在往下扎。你松开操纵杆，担心是不是一下子拉升得太厉害了，飞机随风滑翔，忽左忽后，借着山势和风力的推动为跳板，但飞机还在下降。仿佛整个天空都压了下来。你感到自己卷入了一场宇宙的突变。无处藏身。你尝试折回头，返回到空气像柱子一样稳稳托着飞机飞行的区域，那也只是枉费心机。再没有那样的支柱，一切都在分崩离析，你在宇宙的废墟里向云层滑去，云层慢慢浮起，升到你的眼前，吞没了你。

“我差一点就被困住了，”你对我们说，“但我还不死心。我没想到在一些看似稳定的云层上面，还会遇到下降气流。原因很简单，在同一海拔上，它们也在不断地聚散离合。高山上的一切都是那么奇怪……”

多么奇特的云啊！……

“一旦落入陷阱，我就松开了操纵杆，紧紧抓住座椅，免得被抛出舱外。飞机晃动得厉害，安全带勒得我肩膀疼，就快绷断了。仪表盘上结的霜花让我看不见指针。我像一顶帽子，从六千米的高空跌落到三千零五米的高度。

“在三千零五米的高度，我隐约看到水平方向一大块黑色的东西，这让我得以重新驾驶飞机。我认出那是一个池塘：钻石湖。我知道这个湖镶嵌在漏斗式的悬崖深渊里，峭壁的一边是曼普火山，海拔高达六千零九米。尽管摆脱了云层，我还是被漫天飞舞的大雪迷了眼睛，要不是认定了湖泊，我肯定会撞毁在峭壁上。于是我在湖泊上空三十米的高度盘旋，直到汽油耗尽为止。经过两小时的盘旋，我颠簸着着陆。当我从飞机里出来，暴风雪一下子就把我掀倒了。我爬起来，它再度把我掀倒。我只好钻到座舱底下，在雪地里挖了一个藏身的坑。我裹在邮包里，等了四十八个小时。

“等到暴风雪平息下来，我开始步行出发。我走了五天四夜。”

可你还剩下什么，吉尧梅？我们又见到了你，但你形容枯槁，浑身僵硬，干瘪得像一位老妪！当晚，我驾机把你送回门多萨，裹在白色的床单里，你像是涂了一层油膏。但床单并不能治愈你，你被酸痛疲惫的躯体折磨着，辗转反侧，难以入眠。你的身体忘不了岩石和冰雪，它们在你的身上刻下了深深的烙印。我端详着你黝黑浮肿的脸，它像一个磕碰过、熟透了的果子。你是那么难看，那么可怜，工作所需的灵巧工具已失去了功能：你双手痉挛，当你为了喘口气坐在床沿上的时候，你冻坏了的双足挂下来，就像两个沉重的铁锤。你似乎还没结束你的征程，你还气喘吁吁，你翻身靠在枕头上为了寻求安宁，可一连串你无法遏制的景象一幕接一幕，迫不及待地在你的脑海里翻腾。于是你又和那些死灰复燃的敌人战斗了二十次。

我给你喂汤药："喝吧，老兄！"

"最让我惊讶的……你知道……"

你像一位挨了几击重创却最终获胜的拳击手，还在重温那奇异的历险。你断断续续说出了你的遭遇。在你晚上讲的故事里，我仿佛看见你一路走着，没有登山的冰镐，没有绳索，没有干粮，在零下四十摄氏度的严寒里不是攀援四千五百米高的山峰，就是沿着悬崖绝壁前进，手脚膝盖都在流血。血慢慢流干，体力慢慢耗尽，神智也慢慢模糊。你像蚂蚁那样顽强地走着，遇到障碍就折回绕过去，摔倒后又爬起来，滑到谷底再爬坡上来，你不容许自己有片刻的歇息，因为一歇下来，你就再也不能从雪床上爬起来了。

真实的情形就是这样，当你滑倒在地，要立刻爬起来，否则就会冻成石头。寒冷让你的身体一秒比一秒僵硬，跌倒以后，多贪图一分钟的休憩，你就得活动僵死的肌肉才能重新站起来。

你抵抗着种种诱惑。“在冰天雪地里，”你对我说，“人完全失去了自卫的本能。走了两天、三天、四天以后，除了睡觉，什么都不再想了。我也想睡。但我对自己说：‘如果我的妻子相信我还活着，她一定会相信我还在继续走着。同志们也相信我坚持在走，他们都对我有信心。如果我不继续走，那我就是个混蛋。’”

于是你继续走，每天都要用小刀把靴子上的口子割大一点，好让你因冻僵而肿胀的脚好受一点。

你告诉我一个奇特的秘密：“从第二天起，你知道吗？我最大的任务就是不让自己思考。我太痛苦了，我的处境又是那么令人绝望。为了鼓起勇气继续走下去，我就不能去想自己的处境。不幸的是我控制不了我的脑子，它像一台涡轮机一样转个不停。但我还可以把思想集中到某些景象上。我让它去回想一部电影、一本书。于是电影和书里的情节故事在我的脑子里飞快地闪过，随后我又回到了现实世界。每次都是这样。

于是我再让自己回忆别的东西……”

可是有一次，你摔倒了，直挺挺趴在雪地上，再也不想爬起来。你就像被击倒的拳击手，一下子失去了所有的激情，只听见奇怪的世界里传来一秒两秒的数数声，数到第十下就无可挽回了。

“我已经尽力了，我没有任何希望，何必再苦苦折磨自己呢？”只要你闭上眼睛，就可以得到安息，就可以永远摆脱岩石、冰冻和积雪。只要合上这两片神奇的眼皮，就再不会受风雪鞭打和跌跤之苦，再不会挨冷受冻、皮开肉绽，再不用像老牛一样拖着比大车还沉重的生命的重负。你已经品尝过严寒的滋味，冷到彻骨，就像吗啡一样，让你飘飘欲仙。你的生命退缩到心脏周围。在你心中凝聚着某种温柔而珍贵的东西。知觉渐渐达不到远离心脏的部位，刚刚还饱受折磨的躯体如今已变得像大理石一样冰冷。

甚至你的顾虑也平息了。我们的召唤再也到达不了你那里，或者说得更确切些，在你听来就像是梦中的呼唤。在梦里，你幸福地答应着，大步流星地走来，梦轻轻松松就为你开启了极乐世界。你悠悠然滑入一个对你来说多么温柔的世界！吉尧梅，你真吝啬，竟然忍心拒绝回到我们身边。

潜意识里，你开始自责。在梦里，突然搀杂进来几许清晰的琐事。“我想到我妻子。我的保险金可以让她不至于生活窘困。是的，但保险金……”

人若失踪，在此情况下，法律要过四年才承认其死亡。这一细节在你眼前一亮，打消了其他所有的遐想。当时，你趴在一个积雪的、陡峭的山坡上。夏天一到，你的尸体就会和泥块一道滚到安第斯山脉的千沟万壑中去。你清楚这一点。你也知道，在你前方五十米处就有一块突起的岩石：“我想：‘如果我站起来，或许可以走到那里。如果我把身子贴着岩石，到夏天他们就可以找到我。’”

一旦站起来，你又走了三天两夜。但你没想走多远：“种种迹象让我知道自己大限已到。下面就是迹象之一：大约每两小时我就要停下来把鞋子的口子割大一点，用雪摩擦我肿胀的双脚，或是仅仅让我的心脏休息休息。但最后那几天，我越来越没记性。意识到这一点，我已经又走了很长一段时间：我每停一次，都会忘一样东西。第一次是一只手套，天寒地冻的，这事儿可严重了！我当时把它放在跟前，起身出发的时候却忘了拾起来。接着是手表。之后是我的小刀。再后来是指南针。每停一次，我就更穷一点……”

“走一步就有救了。再走一步。再次迈出的一直都是这一步……”

“我所做的，我发誓，任何其他动物都无法做到。”我又想起你说过的这句话，这是我听到过的最崇高的话，它点出了人的本质，让人得到升华，体现了世间万物真正的尊卑贵贱。你最终还是睡着了，你的意识消隐了，但一旦苏醒过来，理智再次回到破损、憔悴、灼伤的肢体，重新驱使你的身体。此时，身体就不再只是一个好工具，不再只是一个仆人。好工具的自豪，吉尧梅，你也知道如何表达：

“没有吃的，你可想而知，走到第三天的时候……我的心脏，它已经很虚弱了……是啊！当时我正沿着一个陡峭的山坡往上爬，身子悬在半空，挖出一些小洞好让我的拳头抓住，突然，我的心脏出了故障。它凝滞了一会儿又跳动起来，跳得很乱。我觉得如果它多停一秒的话，我就松手了。我不再动弹，倾听着自己的心跳。就是在飞机上，我也从来没有，你懂吗？从来没有像在那几分钟里那样感觉贴近自己的心，聆听它的跳动。我对它说：‘来吧，用点劲！努力再跳一下……’它可是好样的！它迟疑了一会儿，之后就一直跳动起来……你知道，我是多么为我的心脏感到骄傲啊！”

在我看护你的门多萨的那个房间里，你终于喘息着入睡了。我当时就想：“如果跟他谈他的勇敢，吉尧梅肯定会耸耸肩。但颂扬他的谦虚，同样不能忠实地体现他的品格。他远远超出了这样平凡的优点。如果他只是耸耸肩，那是因为他睿智。因为他知道，人一旦陷入困境就不会再害怕了，只有前途未卜才会让人担惊受怕。而在一个敢于面对的人眼里，没有前途未卜的忐忑，尤其是当他能冷静清醒地审度它的时候。吉尧梅的勇气首先是他率直的结果。”

他真正的优秀品质根本就不在于此。他的伟大，在于他有责任感。对自己负责、对邮件负责、对期待他的同志负责。他手中掌握着他们的痛苦和欢乐。对他也应参与的人类崭新的建设事业负责。在他工作范围以内，也对人类的命运尽一点责任。

他属于那种慷慨的人，愿意用自身的枝叶去荫庇广阔的大地。做人，就是要有责任感。就是看到一件好像于他无关的惨案也会觉得羞耻。就是对同志们取得的胜利感到自豪。就是添上自己的砖瓦，会感觉到自己在为建设世界做贡献。

有人会把这种人和斗牛士和拳击手混为一谈，吹捧他们对死亡的轻蔑。但我却嘲笑对死亡的轻蔑。如果这种轻蔑不是出于公认的责任感，那它就是意志消沉或年少冲动的表现。我认识一个自杀的青年，不知道是怎样的情场失意让他对准自己的心脏开了一枪。当他戴上白手套的时候，我也不知道他究竟受了哪部文学作品的诱惑，但我记得这幕可悲的炫耀，当时给我的印象不是崇高，而是怯懦。因为在这张可爱的脸庞后面，在这个人的脑袋里，除了有一个和别的姑娘相似的傻姑娘的模样以外，就一无所有，别无他物了。

面对这样贫乏的人生，我想起一个真正的人的死——一个园丁之死。他曾对我说过："你知道……翻土的时候有几次我会汗流浃背。风湿让我腿脚不便，我咒骂这样的奴役。而今天，我却想翻土，在地里挖挖铲铲。翻土在我看来是多么美妙啊！人在翻土的时候是那么自由！此后，又有谁会来修剪我的树呢？"他留下一块有待开垦的土地。他留下了一个有待开垦的星球。他的爱维系着所有的土地和土地上所有的树木。他才是慷慨的人，付出的人，高贵的人！和吉尧梅一样，当他以造物的名义和死亡抗争的时候，就是勇敢的人。

三

飞机

III

L'avion

✦

吉尧梅，你日夜工作，不是监督气压表，就是保持陀螺仪的平衡，不是诊断发动机的声息，就是肩负十五吨金属的重担：你所遇到的问题，归根到底，还是人的问题。你很快就自然而然地感染了山里人的高贵气质，像诗人一样，懂得品味黎明的来临。你在困难重重的黑夜深渊，曾多少次希冀过这束苍白光线的出现，希冀这片光明在东方漆黑的大地上冉冉升起。这神奇的清泉在你眼前慢慢地融化，几次都在你以为死到临头的时候，救治了你。

操纵精密的仪器并没有把你变成一个索然无味的人。我觉得，那些被我们日新月异的技术进步吓倒的人，是混淆了目的和手段。一心谋求物质利益的人，其实根本收获不到任何生命的价值。机器并不是目的。飞机不是目的：它只是一个工具，一件像铁犁一样的工具。

我们之所以认为机器害人，或许是因为评价正在经历巨变的后果，我们缺乏历史的距离感。比起人类二十万年的历史，这短短百年的机器时代又算得了什么？我们不过是刚刚才在矿山电站的景致里安顿下来，我们不过是刚迁入尚未完工的新房居住罢了。我们周围的一切都变得那么快：人际关系、工作条件、风俗习惯。我们的心理也在根本上受到了冲击。即使离别、距离、回归这些字眼没有变，它蕴含的概念已经今非昔比了。我们使用为昨天的世界所创造的语言来领悟今天的世界。过去的生活好像更符合我们的天性，唯一的原因是因为它更符合我们的语言。

每一个进步都驱赶我们进一步远离我们刚刚养成的习惯，我们真是一群尚未建立家园的移民。

我们不过是一群未开化的年轻人，我们的新玩具让我们惊叹不已。我们的飞行根本没有其他意义，无非是让飞机飞得更高、跑得更快。我们忘了为什么要让它飞行。飞行本身暂时压倒了它的目的，但是事情总是如此。对于要创建一个帝国的殖民者而言，生命的意义就是征服。士兵看不起垦荒者。但是征服的目的不正是要让这些垦荒者安居乐业吗？因此在科技进步的热潮中，我们奴役人去修铁路、建工厂、钻探石油井。我们有点忘记了，我们搞这些建设原本是为了让它们服务于人类。我们征服进程中的心理，就是一个士兵的心理。但现在，我们要进行开垦。要让这所尚未成形的房子充满生机。真理，对某些人来说就是盖房子，对其他人来说就是在里面居住。

我们的房子无疑会变得越来越有人情味。机器本身越是得到改进，它就藏在它的功用后面越发不起眼。人类在工业上的所有努力、所有计算、所有趴在设计图纸上的日日夜夜，看起来似乎都是在追求简朴。好像需要几代人的经验才能慢慢勾勒出一根圆柱、一艘船身或一架机身的弧线，直到线条像乳房或肩膀所形成的曲线一样浑然天成。好像研究室的工程师、设计员、计算员的工作就是磨光和消除接缝的痕迹、平衡飞机的机翼，直到它不显得突兀，不再像是插在飞机上的翅翼，而是脱胎换骨，和机身浑然一体、自然天成，像一首诗一样曼妙。完美并不在于增无可增，而在于减无可减。几经演变，机器终于变得不着痕迹。

创造的极致就是不露斧凿的痕迹。同样，在仪器中，所有看得见的机械设置都渐渐隐匿了，交到我们手中的是像被大海磨光的鹅卵石一样浑然天成的物品。它的可贵就在于被使用的时候，它能渐渐让我们忘记那是一台机器。

我们以前是和一座复杂的工厂打交道。但今天，我们忘了有一个发动机在转动。它的任务就是自主地转动，像心脏的跳动，用不着我们劳神去注意。我们再也不用在工具上花心思了。我们超越工具、借助工具，又寻找到古老的大自然，那是园丁、航海家或诗人的大自然。

飞行员起飞后，接触到的就是水，就是空气。发动机一旦发动，当飞机破浪前进，海浪击打机身的声音就像敲锣打鼓，人可以在颠簸中继续工作。随着时间一秒秒地推移，随着水上飞机慢慢加速，他感觉到飞机充满了力量。他感觉到这十五吨重的庞然大物养精蓄锐，准备起飞的时机成熟了。飞行员双手握住操纵杆，慢慢地，他的掌心接受了这股天赐的力量。操纵杆的金属部件向他传送这一力量的信息。当力量成熟，飞行员便以一个比摘果子还要灵活的动作让飞机离水而去，飞翔在天空里。

四

飞机和星球

IV

L'avion et la planète

1

飞机无疑是一架机器，但它是一个多么值得研究的工具啊！它让我们发现了地球的真面目。因为，几个世纪以来，我们都受着道路的蒙蔽。我们就像那位女王，想走访她的臣民，想了解他们是不是在她的统治下安居乐业。而大臣们为了蒙骗她，在她所到之处造出些漂亮景致，花钱雇人在路边载歌载舞。除了这根细线牵她走过的地方，她看不到王国的任何东西，根本不知道在辽阔的乡村，垂死的饥民正在诅咒她。

就这样，我们沿着蜿蜒的道路前进。道路避开贫瘠的土地、岩石和沙漠，迎合人们的需要，一路上水源不断。它们把农人从粮仓引到麦地，它们在牲畜棚的门前候着还在熟睡的家畜，待到黎明时分把它们领到苜蓿地里。它们把村子一个个连起来，因为不同村庄的人要通婚嫁娶。就算有一条路是经过沙漠的，它也是九曲十八弯以便享受绿洲的快乐。

旅途中走过的蜿蜒曲折的道路，它们就像许多善意的谎言，让我们信以为真。让我们错把长久以来囚禁我们的监狱当乐土，以为处处都是灌溉有方的良田，处处都是果园，处处都是草地。这个星球，我们一直认为它既湿润又温馨。

但我们的目光变得敏锐，我们取得的进步是残酷的。有了飞机，我们学会了直线前进。我们一起飞就把那些顺着饮水槽和牲畜棚、从一座城市蜿蜒到另一座城市的道路抛在身后。从此摆脱了温情的束缚，解除了对水源的依赖，向着我们遥远的目标飞去。从笔直的飞行轨道居高临下俯瞰，我们这才发现地表大半是岩石、沙漠和盐碱地，只是间或有零星的生命在绽放，像废墟的坑坑洼洼里滋生的苔藓。

这时，我们就变成了物理学家、生物学家，可以考察点缀在幽谷深处的文明。有时，这些文明像气候宜人的花园那样欣欣向荣。现在，我们是从宇宙的高度去衡量人类：透过舷窗，就像透过科研仪器一样。

现在，我们可以重温我们的历史。

2

朝麦哲伦海峡飞行的时候，在里奥加耶戈斯[1]稍稍往南去的地方，飞行员要飞越一条熔岩流，岩浆喷发物压在平原上，有二十米厚。随后，他会看到第二条、第三条熔岩流。此后每一个土包、每一个两百米高的山丘的坡上都有一个火山口。那可远远比不上骄傲的维苏威火山：它们不过是些摆放在平原上的火炮口罢了。

今天，宁静笼罩着大地。面对沧桑过后寂静的风景，人们难免会感到意外：过去，当成千上万的火山喷发火焰，轰隆声此起彼伏，像无数架巨大的地下风琴的合奏。而今天人们飞越的只是一片镶嵌着黑色冰川的已然沉寂的大地。

但是，在更远的地方，那些更为古老的火山已经披上了一片金光色的枯草，间或有一棵树从洼地上长出来，像老花盆里开出的一朵花。在日暮的余晖里，

---

1 里奥加耶戈斯，阿根廷地名。

短草丛生的平原竟像花园一样绚烂，透着生命的气息。一马平川，只有在巨大的火山口周围还稍微有些凸起。大地上沉积了一层肥沃的土壤，蹿出一只兔子，飞来一只鸟，生命渐渐占领了这个新的星球。

最后，在不到蓬塔阿雷纳斯[1]的地方，最后几个火山口都填平了。在火山起伏的坡地上长了一片整齐的青草：这些火山从今往后就只剩下温情。每一条裂口都用这种柔软的亚麻线缝补好了。地面平坦了，坡度很小，大家都淡忘了它们原来的样子。这片草地抹去了山坡曾经沧桑的痕迹。

这里是地处世界最南端的城市，机缘巧合让它在原始熔岩和南极冰川之间得到了一块地。离黑色的熔岩那么近，真让人感到这就是人类的奇迹。真是奇遇！人们不知道这位旅客如何又为什么要光顾这些只在那么短暂的时间里预备好适于居住的花园。就算是一个地质纪吧，也是时间长河里受到赐福的一天而已。

我在夜色温柔里着陆。蓬塔阿雷纳斯！我背靠在一处水源边看着年轻的姑娘，在离她们两步远的地方，

1 蓬塔阿雷纳斯，智利地名。

我更能感受到人类的奥秘。在一个生命连着生命、花与花在风中相拥、天鹅与天鹅相识相亲的世界，只有人类在营造自己的孤独。

他们彼此的心灵之间保留着多少距离啊！姑娘的遐想让我和她变得有隔膜，怎样才能接近她，走进她的梦呢？对那位低眉浅笑、慢慢走回家去、满肚子鬼灵精怪的姑娘，我们又了解她些什么？她可以用情郎的心思、言谈和沉默建起一个王国，此后除了他，其他所有人在她眼里都只是些野蛮人。她把自己锁在她的秘密、习惯和甜蜜的回忆里，让我感觉比她躲在另一个星球上还要遥远。昨天刚诞生在火山、草地或盐海之滨，现在她已经半神化了。

蓬塔阿雷纳斯啊！我背靠在一处水源边。一些老妇人过来汲水；除了知道这项仆役的劳作，我对她们的不幸一无所知。一个孩子，头靠在墙上默默流泪；他在我的记忆中，永远是一个无法安慰的漂亮孩子。我只是个陌生人。我一无所知。我无法走进他们的王国。

在这么狭仄的布景里，表演的却是人类仇恨、友谊和欢乐，多么庞大的阵容啊！生活在尚有余温，却已经受到沙漠和冰雪威胁的熔岩上，人们朝不保夕，又是从何处滋生出对永恒的渴望？他们的文明不过是层单薄易损的烫金装饰：一次火山爆发、一次沧海桑田、一次风沙侵袭就会把它抹杀得一干二净。

这座城市似乎是建立在真正的土壤上，让我们误以为它和博斯[1]的土地一样深厚肥沃。人们忘了生命在这里和在其他地方一样，是一种奢侈；忘了脚下踩着的土地没有一处是深厚的。而我知道，距离蓬塔阿雷纳斯十公里的地方有一个池塘可以为我们证明这一点。这个四周围绕着矮树低屋的池塘，像农庄院子里的水塘一样普通，却不可思议地受着潮汐的影响。在这么宁静的环境中，在芦苇和嬉戏的孩子身边，它日夜保持它那平缓的呼吸，遵从着别的规律。在平静的水面上，在静止的冰层下，在唯一的一只破船下，月球的能量在起作用。在这潭黑水深处，海洋的涡流在运动。在这块花草覆盖的薄薄的地层下，进行着奇异的消化运动，蔓延四周，直到麦哲伦海峡。人们来到这片人类的大地上定居，以为找到了自己的家园，殊不知城门口这潭百米见方的水塘，却和海洋一脉相连。

1 博斯，法国西北部的博斯平原。

3

我们住在一颗流浪的星球上。由于有了飞机，这个星球的来历就时不时地展现在我们面前：一个和月亮相关的水塘泄露了它们之间隐秘的亲缘关系。不过我还知道其他一些迹象。

在朱比角[1]和锡兹内罗斯之间的撒哈拉海岸线上空，飞机高高地越过一些圆锥形的高原，小的只有百步见宽，大的有方圆三十多公里。它们的海拔高度却相当一致，都是三百米。除了海拔高度一致，它们的颜色、地表的颗粒和悬崖峭壁的形状都是一致的。像一座陷落的庙宇，那些尚露在沙地上的柱子见证了台基塌陷的遗迹。同样，这些孤零零矗立的柱子也见证了这里从前是一片广袤的高原。

在卡萨布兰卡—达喀尔航线开通的最初几年，当时的器材都不牢固，遇到故障或是执行搜索救援工作时，我们常常不得不在抵抗区迫降。而沙是不可信赖的：人们以为它是实的，结果却陷了进去。还有那些古老的盐碱地，看上去像坚硬的沥青，脚踏上去梆梆

1 朱比角，摩洛哥大西洋沿岸的岬角。

响，但有时却承受不了飞机轮子的重压。白色的盐层一裂，便冒出黑色沼泽的恶臭。因此只要情况许可，我们都会选择在高原平坦的地面着陆，它们从来都不设埋伏。

之所以有这样保证，是因为这些高原地面是由一层颗粒粗大的坚实沙砾和一大堆小贝壳组成的。顶上的贝壳还完好无损，沿着山脊往下走，就可以发现贝壳在分裂聚合。在高原底部最古老的沉积层里，这些贝壳已经变成纯粹的石灰岩了。

在雷纳和塞尔两位同志被抵抗部落俘虏期间，有一次，我正好降落在这样一个备降场上，为的是送一名摩尔人信使回去。和他分手之前，我和他曾经一起找过是否有路可以从高地下去。但我们走了一圈，发现四周都是陡峭的悬崖，悬崖下面是万丈深渊，山石嶙峋，根本没有任何出路。

但是在起飞到其他地方寻找另一个场地之前，我在那里逗留了好一会儿。能在这块人兽绝迹的土地上留下我的足印，我像一个孩子一样欣喜万分。没有一个摩尔人可以进攻这座堡垒，没有一个欧洲人曾经勘探过这片土地，我是第一个把这些贝壳粉末，像贵重的金沙，从一只手洒落到另一只手上的人。我是第一个打破沉寂的人。在这个类似极地冰川的地方，从来就没有长过一根小草，而我就像是一颗被风带来的种子，成了生命在此地的第一个见证。

一颗星已经亮了，我凝视着它。我想，几十万年来，这块白色的土地只呈现在星星的面前，就像纯净的天空下一块洁白无瑕的台布。所以当我发现离我十五米或二十米的地方有一块黑色的石子的时候，心头一震，仿佛自己站在一个重大发现的门槛上。

我站在三百米厚的贝壳堆上。在整个广袤的地层上，是断然不可能有石子存在的。或许地层深处沉睡着一些燧石，由于地球内部的活动，但是怎样的奇迹竟然让其中的一颗浮出在这个年轻的地表？我的心怦怦跳着，我把我的发现捡起来：一块黑色坚硬的石头，有拳头那么大，和金属一样沉，形状像一滴巨大的眼泪。

铺在苹果树下的布接到的只是苹果，铺在星星下面的布接到的也只能是星星的尘埃；从来没有一颗陨石像这一颗那样如此明显地表明了它的来历。

所以，当我抬头的时候自然而然地想到，从天上的那棵苹果树上，应该会掉下其他的果子。我将在它们陨落的地方找到它们，因为几十万年来，没有任何东西可以来打搅它们。还因为它们根本不会和其他物质混在一起。我立刻出发探索，为了检验我的假设是否正确。

假设得到了证实。大约在每方圆一公顷的区域里，我都能捡到一块宝贝。都是石化熔岩的模样，都有黑金刚石的硬度。就这样，高高地站在我的“雨量计”上，我目睹了这场缓慢的流星雨的缩影。

4

然而最奇妙的是，地球的拱背上，这块磁性台布和群星之间，站着一个有意识的人，这场流星雨可以印在他的心里，就像映在镜子上一样。在矿石层上，一个梦是一个奇迹。我想起从前做过的一个梦……

有一次，我迫降在厚实的沙地上等待黎明。金色的沙丘，月光洒下来，半明半暗，黑白分明。在这片光与影的荒凉工地上，笼罩着停工后的平静，但这种寂静是危机四伏的寂静，我就睡在它的中心。

当我醒来的时候只看见如水的夜空，因为我躺在一个沙丘顶上，两臂交叉，面对一池星星。不知道它们有多深多远，我感到一阵眩晕，因为脚下没有生根，头上又无一檐半瓦，天地间也不见一根树枝可以攀倚。就像潜水员一样，绳索已经松开，只能沉落下去。

但我并没跌倒。从头颈到脚后跟，我都紧挨着大地。我放松神经，把身体的重量全部压在地上，感觉是那么惬意。地球引力在我看来就像爱情一样至高无上。

我感到大地托着我的腰，支撑着我，把我抬起来，抬到夜空里。我发现自己紧贴着地球，受到一种向心力的作用，就像拐弯时让你贴在车上的向心力一样。我品味着这份美妙的依托，这份踏实，这份安全，我感到自己的身体躺在船只弯曲的甲板上。

这份被带走的感觉是那么清晰，所以就算我听到从地心深处传来的费力啮合的呻吟，像返航的老帆船的呜咽，像逆水行舟发出的尖利的长啸，我也不会有半点惊讶。但是这深厚的大地依然沉寂着。而我肩膀感受到的引力显得和谐、持久、永恒不变。我喜欢住在这样的家园，像船上死去的苦力，身上绑着铅块沉到海底。

我思考着自己当时的处境，迷失在沙漠中，危机四伏，孤身一人在沙尘和星星之间，因太多的静寂而远离了过去的生活天地。因为我知道，要是飞机找不到我，要是明天摩尔人不来杀我，我就要耗上几天、几星期、几个月才能回到伙伴们中间。我不过是迷失在沙尘和星星之间的凡人，意识到唯一的甜美就是呼吸……

可是，我发现自己满脑子都是遐思梦想。

它们像泉水一样，无声无息地进入我的脑海，起初，我并不理解这一占满我心房的甜美。它既无声又无形，让你体会到一种存在，一种很亲切、半神化了的友谊。而后，我懂了，于是闭上眼睛，听任自己沉浸在欣悦的回忆之中。

在某个地方，有一个长满黑松和菩提树的花园，花园里还有一座我钟爱的老房子。不管那房子是远是近，虽然眼下它不能供我取暖，为我遮风避雨，只是梦中的景致：但只要它存在，对它的思念足以陪伴我度过漫漫长夜就够了。我不再是沦落在沙漠里的一具躯体，我认出了自己，我是那座房子里的孩子，我清楚地记得房子的味道，它那凉爽的前庭，让它充满生机的声音。甚至连沼泽地里的蛙声也仿佛传到了我的耳边。我需要这许许多多的标记来重新认识自我，来发现荒凉的沙漠到底缺了什么，来寻找连青蛙都噤声不叫、万籁俱静的无声世界的意义。

不，我不再栖息在沙尘和星星之间。从皇天厚土那里，我得到的只是一个冷冰冰的信息。我原以为对永恒的渴望来自天地，我现在才发现它的根源。我仿佛又看到了家里气派的大橱柜。半拉开橱门，露出里面一摞摞雪白的床单；半拉开橱门，露出雪一样冰冷的布帛。年迈的女管家像老鼠似的从一个橱跑到另一个橱前，不停地查看、铺开、折叠、清点浆洗过的衣物，一边叫嚷着："啊！我的天，真糟糕！"每看到一处威胁房子永久不衰的磨损迹象，她就跑到灯下凑近了端详，缝补祭坛上的台布，缝补三桅船上的风帆，祀奉一位我不知道的比她更伟大的东西，一个上帝或一艘航船。

啊！我真该为你写上一页。我最初几次飞行归来，老小姐，我都看到你手捏针线，白色的袍子一直盖到膝盖，皱纹一年比一年多，头发一年比一年白。你总是亲手铺平我们安睡用的床单、晚餐用的看不见针脚的桌布，为我们准备灯火辉煌的节日。我到你的衣物堆里来看你，坐在你的面前，跟你讲我那些九死一生的经历，为了打动你，为了让你看看外面的世界，为了理解你。你说我一点儿也没有变，从小，我就常常弄破我的衬衣。"啊！真糟糕！"我还常常磕破膝盖，回家让人包扎伤口，就像今晚一样。但不，不是的！老小姐，我可不是从花园深处，而是从天涯海角回来，我带回了孤独的苦涩味道，带回了沙漠的飞沙旋风，带回了热带地区明亮的月光！你却对我说，当然了，男孩子就爱乱跑，摔断了骨头还自以为强壮得很。但不，不是的！老小姐，我见到的东西可比自家的花园远得多！要是你知道花园的树荫是多么微不足道！比起地球上的沙漠、岩石、原始森林和沼泽，这片树荫算得了什么？你可知道，世界上有些地方，那里的人一遇到你就端起他的卡宾枪对着你？你可知道，那里有沙漠，人们就睡在露天，在冰冷的寒夜，既无片瓦，也没有床，没有被单……

“啊！野蛮人！”你这么说。

我动摇不了她的信仰，不亚于动摇不了一个教会女仆的信仰。我惋惜她卑微的命运教她耳聋眼瞎……

但那天夜里，在撒哈拉，孤身一人在沙漠和星星之间，我觉得她也有她的道理。

我不知道我身上发生了什么。地心引力把我和地面紧紧地连在一起，那么多的星星也受到了它的吸引，但与此同时，有另一种引力把我拉向我自己。我感到自身的重量把我推向那么多的事物！我的遐想比沙丘、比月亮、比周围所有的一切都真实。啊！一座房子的美妙并不在于它为你遮风挡雨、供你取暖，也不是因为你拥有它的四堵墙壁；而在于它慢慢在我们心里积累起来的许多温馨往事，在于它在我们内心深处堆砌起苍茫的群山，而我们的遐想，就像涓涓清泉，从山上汩汩流淌下来……

我的撒哈拉，我的撒哈拉，你现在完全被一个纺织女迷住了！

五

绿洲

V

Oasis

✦

已经跟你谈了那么多的沙漠，在继续谈沙漠之前，我很想跟你们描绘一个绿洲。我印象中的那个绿洲并没有消失在撒哈拉沙漠的苍茫里。飞机创造的另一个奇迹就是让你直接投入神秘的中心。你是那位生物学家，你透过舷窗研究像蚂蚁一样的芸芸众生，你冷漠地看着平原上的城市，他们地处星罗棋布的交通要道，这些道路就像城市的动脉，用田野的汁液哺育着城市。但气压表上的指针颤抖了一下，底下那片绿地就变成了整个世界。你被一座沉睡花园里的一片草地俘虏了。

远近不是用距离来衡量的。我家花园的围墙围起来的秘密要比中国长城圈起来的秘密还多；同样，一个女孩子的心思，也要比撒哈拉茫茫沙漠上的绿洲藏得更深。

我要谈谈在世界某地的一次短暂的中途着陆。那是在阿根廷的康科迪亚附近，但它也可以发生在世界任何地方：因为奥秘无处不在。

我降落在一片田野上，一点也不知道自己将有一段童话般的经历。我乘坐的那辆老式的福特车没什么特别，接待我的那对和蔼的夫妇也没什么特殊。

“我们留你过夜……”

但道路一拐，月光下露出一丛树，树后是一座房子。多奇怪的房子啊！低矮却厚实，像一个堡垒。一进门廊，童话里的城堡就为你提供了一处和修道院一样宁静、安全、可靠的庇护所。

这时，出现了两位年轻的姑娘。她们严肃地打量我，就像两个守在王国禁地门口的执法官：年幼的那位噘着嘴巴，拿根绿色的木头棍子敲打着地面，之后，待主人介绍完，她们一言不发地和我握手，面带一丝怪异的挑衅神情，然后消失不见了。

我觉得有趣，也有些着迷。一切都那么单纯，静谧又神秘，就像一个秘密的开始。

“咳！咳！都是野丫头。”父亲随口说道。

我们进了房子。

在巴拉圭，我喜欢一种在首都的石板路上探头探脑的调皮的草，似乎它代表了人们看不见却真实存在的原始森林，来看看人类是不是一直占据着城市，是不是到了挤一挤所有的石头的时候了。我喜欢这些草所带来的一抹萧索气象，它见证的是已逝的鼎盛繁华。这个地方让我心旷神怡。

因为这里的一切虽破落，却破落得可爱，像一棵老树，长满苔藓，因年深日久而斑斑驳驳；像一条木头长凳，曾经有十几代人坐在上面谈情说爱。细木护壁板已经磨损，门窗也被虫子蛀了，椅子也是一条腿长一条腿短的。虽说没做过任何整修，但处处都被悉心打扫过。一切都很整洁，上过蜡，亮堂堂的。

客厅给人的印象很深，好像一张满脸皱纹的老妪的脸，墙壁和天花板都有了裂缝，我喜欢这里的一切，尤其是那古老的地板，踩在这里晃悠悠，踩在那里悠悠晃，像跳板一样颤颤巍巍，却总是被擦得干净锃亮。奇怪的房子，它给人的感觉是没有半点疏忽，没有半点懈怠，而是一份特别的尊敬。无疑，每年它都要添一点魅力，面貌也会更加丰富多彩，友善的气氛也更热烈，但要是来了访客，从客厅走到饭厅就需要格外小心。

“当心！”

那儿有一个窟窿。主人告诉我，要是踩在这样的窟窿上，我肯定会摔断腿。这个窟窿不是人为破坏的结果，它只是时间的作品。这里的人都有一种高贵的气质，不屑于任何托词和借口。他们并没有对我说：“我们可以把这些洞都堵上，我们很富有，但是……”他们也没有对我说——虽然那是事实——“我们是向市房产局租的房子，租期三十年，维修本该归市房产局管，但大家都很固执……”他们不屑于解释，那份洒脱让我钦佩。他们至多就对我说了一句：“哎！哎！有点破落了……”

这句话说得那么轻描淡写，以至于我怀疑他们也不会因此伤心忧虑。你能看着一群泥瓦匠、粗细木匠和粉刷匠在这样一个历史悠久的地方，摆开他们肆无忌惮的工具，在一周内把你的房子翻修得面目全非，让你以为自己是来访的客人？一座房子要是没有秘密，没有隐蔽的角落，脚下也没有机关、没有暗室，那和市政厅的大厅有什么分别？

在这样一座充满魔幻的房子里，两位姑娘突然消失就没什么好奇怪的了。既然客厅里摆满了本该堆在阁楼上的杂物，那阁楼上堆的又会是些什么东西？可以猜想，只要稍稍拉开哪怕是最小的橱柜的门，都会从里面掉出一堆东西：一摞摞发黄的信件、曾祖父留下的收据单、数量比家里的门锁多得多的钥匙，自然也就没有任何一把钥匙能开任何一个锁了。这些没用的钥匙却有着无穷的魅力，它让人想入非非，想到地下室，想到藏起来的财宝箱，想到大把的金路易。

“我们去吃饭，好吗？”

我们去了餐厅。从一个房间到另一个房间，我闻着一股老图书馆的气味，像熏香一样四处弥散，这味道胜过世界上所有的香味。我尤其喜欢搬动台灯，都是些地地道道、分量不轻的灯，在我遥远的孩提时代，它们常被从一个房间挪到另一个房间，灯光在墙上摇曳出神奇的影子。端起灯，就像举起了一束光和一束黑影。而后，灯一旦被放到新的位置上，那片光明就不再动了，周围都被黑夜笼罩着，只听见柴火燃烧的噼啪声。

两位姑娘再次神秘出现，就像她们刚才走的时候一样悄无声息。她们端庄地就座。她们或许已经喂过狗、喂过鸟，迎着月色打开过窗，在夜风里呼吸过花草的气息。现在，她们铺开各自的餐巾，警惕地用眼角的余光看着我，心里琢磨着是不是可以把我归到家养的宠物行列中去。因为她们已经有一条鬣蜥、一头蛇獴、一只狐狸、一只猴子和许多蜜蜂。所有这些动物都混居在一起，相处得很和睦，构成了一个新的人间乐园。她们掌管所有这些上天创造的动物，用她们的小手让它们陶醉，喂它们吃喝，讲故事给它们听，而这些动物，从蛇獴到蜜蜂，都听得津津有味。

我料想会看到两个如此年轻活泼的姑娘，使上她们全部的批判精神和细致敏锐来对眼前这个男子给出一个快速、秘密和决定性的评价。在我小时候，我的姐妹们也是这样给第一次光临家里吃饭的客人们评分的。当大人们的谈话停下来，大家听到沉默间冒出一个响亮的“十一！”除了姐妹们和我，谁也不知道其中的奥妙。

对这种游戏的经验让我有些惶恐，尤其让我觉得不自在的是我面对的两位裁判是那么经验丰富。她们懂得如何区分会玩花样的动物和天真纯朴的动物，懂得如何从狐狸的脚步声中了解它心情的好坏，懂得揣摩内心的种种活动。

我喜欢这样敏锐的眼睛和正直的心灵，但我真希望她们能换一种游戏玩。因为怕她们给我打“十一”分，我低着头给她们递盐、倒酒，可我一抬眼，就又看到她们一脸绝不被人收买的做裁判的严肃神情。

阿谀奉承也不管用：她们根本就不知虚荣为何物。她们虽不虚荣，却自视甚高，所以说什么奉承话听在她们耳朵里都不算是夸张的恭维。我也没想利用我的职业来增添自己的魅力，因为爬到梧桐树梢上去也是一种勇敢。而这样做的目的只是为了查看一下那窝雏鸟的羽毛是否丰满了，只是为了和小伙伴们问个好。

而我的两位沉默的仙女一直留意我用餐，我常常碰到她们偷看的目光，弄得我不敢说话。大家都沉默下来，寂静里有东西在桌子底下的地板上发出轻轻的嘶嘶声，之后又没声音了。我抬起困惑的双眼，于是做妹妹的或许对她的考察颇为满意，但她还要使用最后一块试金石，她一边用年轻尖利的牙齿啃着面包，一边用简单天真的话给我解释，她肯定希望用这样的态度吓唬一下野蛮人，如果我真是野蛮人中的一个。

“是些蝮蛇。”

她又不说话了，心满意足，似乎这样解释对任何不太笨的人来说应该就足够了。她姐姐闪电般地瞟了我一眼想判断我的第一反应。俩人又都盯着自己的盘子，低下她们全世界最温柔、最天真的脸庞。

“噢……是些蝮蛇……”

我的这句话脱口而出。原来刚才在我的腿间滑下去，在我的小腿肚子上蹭来蹭去的，是些蝮蛇……还好我笑了。而且笑得不勉强：她们也觉出这一点了。我微笑是因为我很开心，因为这所房子每分每秒都让我越发喜欢；因为我还想更多地了解这些蝮蛇。

姐姐帮了我的忙：“它们的窝在桌子底下的一个洞里。”

“它们每天晚上十点回洞，”妹妹补充说，“白天它们外出捕食。”

现在轮到我来偷看两位姑娘了。她们平静的脸庞后所掩藏的是敏锐和窃喜。我很欣赏她们对王国的管理……

而今，我在做梦。这一切都已经很遥远了。那两位仙女如今又变成了什么模样？大概已经结婚了。那她们想必是变了？从少女变成少妇可是件大事。在新家里她们又会做些什么？如今她们和那些疯长的野草、和蝮蛇的关系怎样了？过去，她们是和普遍的东西混在一起。但忽然有一天，小姑娘情窦初开，梦想着要俘虏一个十九岁的青年，十九岁的青年让她心事重重。这时，一个傻小伙子出现了。第一次，她那敏锐的眼睛看错了，看得他容光焕发。要是这个傻瓜会念几句诗，她就以为他是诗人。她以为他理解家里有窟窿的地板，以为他喜欢蛇獴，以为在桌子底下、他的双腿间游走的蝮蛇的信赖会讨他欢心。她把自己的心给了他，她的心原本是一座天然的原始花园，而他却只喜欢精心整饬过的花园。于是傻小伙子把公主变成奴隶带走了。

六

在沙漠中

VI

Dans le désert

1

作为撒哈拉航线的飞行员，几星期、几个月、几年做沙漠的俘虏，义无反顾地从一个小堡垒飞到另一个小堡垒，那些乐趣和柔情就和我们无缘了。撒哈拉沙漠根本没有类似的绿洲：花园和少女，简直是神话！当然，在很远的地方，当我们的工作一旦结束，我们就可以恢复过去的生活，有成百上千的姑娘等着我们。当然，在那里，在她们的蛇獴和书本中间，她们的灵魂渐渐变得迷人，人也越长越漂亮了……

然而，我了解孤独。三年的沙漠生活教我饱尝了孤独的滋味。在沙漠里，人们一点也不惧怕岁月磨人，倒仿佛是离他很远的地方，整个世界在老去。树上结了果子，地里长出了麦子，女人出落得水灵。但季节更替，应该赶快回去……可是春去秋来，人们还是滞留在远方……大地的财富从指缝间溜走了，就像沙丘上抓在手里的一把细沙。

通常，人们觉察不到时间的流逝。他们生活在暂时的和平里。但我们这些做飞行员的，等我们一到中途站，当我们一直迎着信风飞行，我们就能感到时间的流逝。我们就像那些坐在快车上的旅客，夜里，满耳朵都是车轮滚动的声音，借着一束束灯光猜测窗外掠过的田野、村寨和迷人的庄园，但因为他是坐车旅行，所以一切都无法挽留。我们也一样，受着一点激情的鼓舞，虽然中途站的寂静，我满耳朵都还是飞机飞行的轰鸣声。听着风声和我们自己的心跳声，我们也发现被带到一个未知的将来。

除了茫茫沙漠，还有抵抗部落。朱比角的夜晚，每一刻钟都要像老式闹钟一样鸣响一次：哨兵们一个接一个地传着整齐响亮的口令，以示警戒。深陷在抵抗区腹地的朱比角的西班牙堡垒，就是用这种方式来防范那些不露形迹的威胁。而我们，作为这艘迷航的船只上的过客，听到口令声传来传去，像海鸟一样在我们头上盘旋飞翔。

尽管如此，我们还是爱上了沙漠。

如果说沙漠给人最初的印象只是空旷和寂静，那是因为它不喜欢朝三暮四的情人。就算是我们家乡的一个小村庄，如果我们不为它舍弃世界上的其他地方，如果我们不深谙它的风俗传统，不了解它的矛盾纷争，那这个小村庄也不会理睬我们，我们也不能理解它之所以是某些人的故乡的原因。更有甚者，在离我们两步远的地方，有人把自己关在围墙里，遵照我们所陌生的规矩生活，他完全被孤独淹没，就像生活在偏僻的香格里拉，没有一架飞机可以带我们去的遥远地方。我们能在他的囚室里看到什么？它是空荡荡的。他的王国是内在的。因此，沙漠并不是由沙子组成的，也不是由图阿雷格人[1]或扛着步枪的摩尔人……

然而，今天我们忽然觉得口渴了。于是就在今天，我们发现这口我们熟识的井在茫茫沙漠里熠熠生辉。一个女人的身影可以让整个房子充满欢乐。一口井就像爱一样，可以带到远方。

沙漠最初是荒凉的，之后，由于担心土匪来犯，

1 图阿雷格人，撒哈拉地区的游牧民族。——原注

我们渐渐学会了查看他们裹在身上的长衫在沙地上拖过的痕迹。土匪也改变了沙漠的面貌。

我们接受了游戏规则，游戏则按自己的形象塑造我们。撒哈拉，它在我们身上得到体现。走进沙漠并不是看看绿洲，而是要把一口井当作我们的信仰。

2

第一次航行，我就品尝了沙漠的滋味。里盖勒、吉尧梅和我，我们的飞机迫降在努瓦克肖特[1]的一个小堡垒附近。这个毛里塔尼亚的小哨所当时孤零零地在沙漠里，就像茫茫大海上的一座孤岛。一位老中士带着他的十五个塞内加尔士兵困守在那里。他像欢迎天外来客一样接待了我们："啊！能和你们说说话还真让我有点……啊！真让我有点激动！"

他的确激动，激动得哭了。"半年来，你们是这儿的第一批来客。人们每半年给我们送一次给养。有时是中尉来，有时是上尉来。前一次，来的是上尉……"

我们从飞机上下来还有点头昏脑涨。在距离正在

---

1 努瓦克肖特，毛里塔尼亚首都。

准备午饭的达喀尔还有两小时航程的时候，飞机上的联动杆拉断了，我们的命运就此改变。我们如今在一位泪眼婆娑的老中士身边扮演天使下凡的角色。

“啊！干一杯，我很高兴可以拿酒出来招待你们。要知道，上回上尉来，我竟然备不出酒来请他！”

我在一本书里讲过这件事，它可不是虚构的小说。他对我们说：“上次，我竟然没能干杯庆祝……我羞愧难当，于是要求换防。”

干杯！跟跳下骆驼、汗流浃背的来客干杯！守了大半年不就是为了这一刻的相逢吗？一个月来，大家擦亮武器，把哨所上上下下都打扫干净。几天来，感到那喜庆的日子越来越近了，人们就站在哨所的平台上毫不松懈地守望着地平线，希望能看到飞扬的尘土，因为那飞扬的尘土里马上就会出现阿塔尔[1]巡逻队的身影……

可是酒没了：不能庆祝。不能干杯。人们觉得无地自容……

“我巴望着他再来。我等着他……”

“中士，他眼下在哪儿呢？”

1　阿塔尔，苏丹城市名。

中士指了指沙漠："不知道，上尉是到处走的人！"

那个晚上，我们在哨所的平台上谈星星，那也是真的。反正除了星星也没有别的东西可看。它们在天上，你可以一览无余，就像在飞机上看到的那样，只不过现在它们纹丝不动。

飞行的时候，如果夜色太美，我们就会陶醉，忘了操纵飞机，飞机就会慢慢向左倾斜。当我们在右边的机翼下发现一个村庄的时候，我们还以为飞机在水平飞行呢！沙漠上根本没有村庄。那么是大海上的一队渔船？但在茫茫的撒哈拉沙漠，又哪儿来的船队？这时，到这时我们才为自己的错误莞尔一笑。慢慢地，我们把飞机拉高。村庄又恢复了它原来的位置。我们把刚才坠落下来的星星挂回天空。村庄？是的，星星的村庄。但是，在哨所的高处望出去，只看见一片冻僵了似的沙漠，绵延的沙丘像波浪一样，却一动不动。星星都牢牢地挂在天上。中士和我们谈论那些星星："瞧，我认自己的方向认得很准……对准这颗星走，笔直就到突尼斯！"

"你是从突尼斯来的？"

"不是，我表妹住那里。"

沉默了好一会儿，中士还是忍不住告诉我们：“总有一天，我要去突尼斯。”

当然，他会走另一条路，而不是朝着这颗星笔直走到突尼斯。除非有一天，远行途中一口干涸的井让他发了失心疯。那时，星星、表妹和突尼斯都混在一起。那时他才会开始笔直朝星星的方向走，仿佛受了上天的启示，开始凡人眼里痛苦的征程。

“有一次，我向上尉请假去突尼斯看表妹，可他却对我说……”

“他对你说了什么？”

“他对我说：‘表妹哪儿都多的是。’于是他派我去了达喀尔，因为那里离这儿不太远。”

“她漂亮吗？你表妹？”

“突尼斯的那个？当然啦，她是金发美女。”

“不是，是达喀尔的那个。”

中士，我们真想为你那句有点沮丧、有点忧郁的回答拥抱你，你回答说：“她是位黑人姑娘……”

中士，撒哈拉沙漠对你意味着什么？它意味着一位一直朝里走来的神明，它同时也意味着在距离沙漠五千公里的远方，有一位表妹的似水柔情。

那沙漠对我们又意味着什么？它意味着我们内心的萌动，它意味着对自我的认识。那个晚上，我们也爱上了一位表妹和一个上尉……

3

位于尚未征服的领土边缘的艾蒂安港[1]不是一个城市。在那里只能看到一个小堡垒，一个机库和一个供我们机组人员起居的木棚。周围的沙漠是那么广袤，因此就算卫戍的兵力薄弱，艾蒂安港也不是那么容易攻克的。要攻打它，就必须穿越一圈沙漠和火力的防线，武装的阿拉伯匪帮走到这里就已经筋疲力尽、水尽粮绝了。但在人们的印象中，北部总有一支匪帮在向艾蒂安港进发。每次上校总督来我们这里喝茶，他都要在地图上把他的路线指给我们看，就像人们讲述一个美丽公主的传说一样。但这支匪帮从来没有到来，像一条河流在沙漠里干涸了，我们叫它“幽灵匪帮”。晚上政府发给我们的手榴弹和子弹，就躺在它们的箱子里睡在我们的床脚边。总之，我们因贫穷而有恃无

1 艾蒂安港，毛里塔尼亚地名，现名为努阿迪布。

恐，除了寂静，我们没有其他敌人要对付。机场场长吕卡日夜都开着留声机，它离现实生活是那么遥远，说些叫人听不怎么清楚的语言，徒然勾起我们无端的忧愁，这忧愁竟然像极了干渴的感觉。

那天晚上，我们在小堡垒里晚餐，上校总督让我们观赏他的花园。他收到的确实是从法国运来的三箱满满的泥土，它们可是穿越了四千公里远道而来。土里抽出三片绿叶，我们用手指抚摸叶子，就像抚摸珠宝一样。上校谈到它时说：“这就是我的花园。”而当干枯一切的沙漠之风刮起来的时候，人们就把花园搬到地窖里去。

我们住在离堡垒一公里远的地方，晚饭后，我们沐浴着月光回去。月光下的沙漠是粉红色的。我们感到自身的匮乏，但沙漠却是粉红色的。一声哨兵的号子又恢复了沙漠的荒凉。整个撒哈拉都怕我们的影子，都在询问我们的口令，因为有一队土匪在活动。

哨兵的喊声在整个沙漠回荡。沙漠不再是一座空荡荡的房子：摩尔人的商队让夜晚变得充满磁力。

我们或许自以为是安全的。然而，疾病、意外、土匪，有多少威胁正在向我们逼近！在地面上，人是那些躲在暗处的射手的活靶子。而塞内加尔哨兵的口令声正是提醒我们这一点。

我们回答："法国人！"随后从黑天使面前走过。我们呼吸顺畅多了。啊！这种威胁使我们变得多么崇高……尽管由于茫茫沙漠的拦阻，它现在离我们还很遥远，既不迫切，也不紧急，但世界已经不是原来的模样了。这片沙漠又变得壮丽起来。让沙漠变得神圣的是因为有那队正在进发却永远也到达不了的土匪。

当时是晚上十一点。吕卡从无线电台回来，告诉我半夜会有一架从达喀尔来的飞机到。机上一切正常。零点十分，人们就可以把邮件全部转运到我的飞机上，我将起飞朝北部航行。我对着一面缺了角的镜子认真地刮胡子。时不时地，我把毛巾围在脖子上，走到门口去看光秃秃的沙漠：天气很好，风也停了。我走回镜子面前。我开始思索。刮了几个月的风，一旦停下来，有时会变天。但现在我准备就绪：腰带上扣着应急灯，还有高度表和铅笔。我径直走到内里面前——他是我当晚飞行的话务员，他也在刮胡子。我对他说："好吗？"目前还好。这种准备是飞行工作中最简单的。突然，我听到“啪”的一声，原来是一只蜻蜓撞在我的灯上，不知为什么，它让我的心隐隐一痛。

我又出去看：天空是那么纯净。场地附近的悬崖清晰地显现在天际，仿佛在大白天一样。沙漠笼罩在无边的寂静里，像一座井井有条的房子。可是又有一只绿色的飞蛾和两只蜻蜓撞在我的灯上。我再次感到一种模糊的情感，或许是快乐，也可能是担忧，它发自我的内心深处，还很幽暗，才刚刚萌发。有谁在远处跟我说话。那就是本能么？我又出去了一次：风完全停了。天气一直那么凉爽。但我已经接到了一个警告。我猜到，我自以为猜到我所等待的东西：我想得对不对呢？天空和沙漠都没有给我任何信息，但两只蜻蜓却告诉了我，还有那只绿色的飞蛾。

我爬上一座沙丘，面对东方坐下。要是我猜得不错，“那事”不用等多久就会发生。那些蜻蜓在这个离绿洲几百公里的地方外的地方找寻什么呢？

漂到海滩上的船只的残骸碎片见证了在海上肆虐的飓风。同样，这些昆虫也向我预告了沙尘暴的临近；这场从东方刮过来的风暴摧毁了远方绿色蛾子栖息的棕榈林。它飞起的泡沫已经溅到了我身上。东风已经起了，庄严肃穆，因为那是一种证明，一种严重的威胁，因为它酝酿着一场风暴。我几乎能听到它的轻微的喘息声。我是海浪即将吞没的最边上的那块界石。在我身后二十米的地方，连挂着的布条都纹丝不动。有一次，也是唯一的一次，焚风包围了我，就像死神的抚摸。但我清楚地知道，再过几秒钟，撒哈拉就要缓过一口气来，就要发出它的第二次喘息。要不了三分钟，我们机库的风向袋就要动起来了。要不了十分钟，沙土就要漫天飞扬。再过一会儿，我们就要在卷土重来的沙漠烈焰中起飞。

但触动我的并不是沙漠。让我满心都洋溢着原始的欢乐的，是我仅凭只言片语就能明白一种隐秘的语言，像原始人一样，从可以预示将来的细微动静中找到蛛丝马迹；是我从蜻蜓翅膀的拍打中，读到了沙漠的愤怒。

4

在那里，我们要跟那些尚未臣服的摩尔人打交道。他们从禁区的腹地钻出来，那些地区我们只有在飞行的时候才会经过它们的上空；他们冒险到朱比角或锡兹内罗的堡垒买面包、糖或茶叶，随后又重新钻入他们神秘的腹地。当他们来卫戍区的时候，我们尝试着去同化他们中的一些人。

如果碰到的是有影响的领袖人物，在取得航空公司的许可后，我们会带他们坐飞机，为了让他们也看看世界。这样做的目的是要煞煞他们的傲气，因为他们屠杀俘虏的时候往往鄙视多于仇恨。如果是在堡垒附近遇见，他们甚至都不会辱骂我们，只会背着我们吐唾沫。他们的这份高傲是源于自以为强大的幻觉。他们中有不少人拉起了一支有三百条枪的军队，就跟我反复炫耀："你们住在行军要走一百多天的法国真是走运了……"

我们带他们到处看看，就这样，他们当中有三个人参观了陌生的法兰西。有一次，他们陪我去塞内加尔，因为看见了树而哭泣，他们就属于这样一些人的种族。

当我在他们的帐篷底下再见到他们，他们正对法国有裸体女人在鲜花丛中跳舞的歌舞厅赞不绝口。这些人从来没有见过一棵树，也没有见过一口泉或一朵玫瑰，他们只是通过《古兰经》才知道有溪水潺潺的花园的存在，那就是他们所谓的天堂。这个天堂和它那些美丽的女俘，人们只有熬过三十年的悲惨日子，之后挨一枪不义的子弹，在沙漠里凄苦地死去时才能获得。但上帝欺骗了他们，因为他并没有要求法国人以饥渴和死亡作代价就给予他们所有这些财富。这便是那些老酋长现在开始沉思的原因。想到帐篷周围一望无际的沙漠，一直到死去都给不了他们多少欢乐，他们便开始向我们吐露心声："你知道……法国人的上帝……他对待法国人要比摩尔人的真主对待摩尔人慷慨得多！"

几个星期以前，有人带他们去了法国的萨瓦省，导游把他们领到一处大瀑布前，这瀑布像一根编制起来的大柱子，发出咆哮如雷的声响。

导游对他们说："尝尝吧。"

竟然是淡水。水啊！而在沙漠里，人们要走上多久才能到达那最近的水井，就算找到，还不知道要花多少小时去挖填满它的沙子，还有掺着骆驼尿的稀泥！水啊！在朱比角、锡兹内罗斯和艾蒂安港，摩尔人的孩子从来不乞讨钱财，手里拿着一个罐头盒子，他们乞讨的是水："给我一点水吧，给点……""行行好吧！"

水像金子一样贵重，再小的一滴水都可以让沙土抽出一寸绿草。如果一个地方下了雨，撒哈拉就热闹起来，大家都拥到那里去。许多部落都向着这块远在三百公里以外能长草的地方迁移……因为在这里，水是那么吝啬，十年来，艾蒂安港从未下过一滴雨，而如今它却在这里咆哮，就像蓄水池漏了，全世界的水都从里面倾泻下来。

“我们走吧。”导游对他们说。

但他们挪不开步子。“让我们再……”

他们沉默了，肃穆无语地看着这庄严神秘的一幕。从大山的肚子里流淌出来的，是生命，是人类的血液。一秒钟的流量就足以救活好些沙漠商队了，他们渴得发昏，永远地坠入无边的盐湖和海市蜃楼的幻影里。而在这里，上帝显灵了：人们看着他，不能掉过头去。上帝打开了闸门，显示了他的威力：三个摩尔人站在那里一动不动。

“你们还指望会看到更多的东西不成？走吧……”

“我们要等一等。”

“等什么？”

“等它流完。”

他们想等到上帝厌倦自己的疯狂行为的时刻。他肯定很快就要后悔了，他是那么吝啬。

“可这水都已经流淌了几千年了……”

于是，那天晚上，他们不再坚持要留在瀑布边上了。对某些奇迹最好还是保持缄默，甚至最好都不要去多想，否则你就什么都弄不明白了。否则，你就会怀疑你的上帝……

“法国人的上帝，你看见了……”

但我了解他们，我的这些蛮夷朋友。他们站在那里，信仰受到了困扰，困惑不解，此后很快就会臣服归顺了。他们梦想有法国后勤部供给他们大麦，有我们撒哈拉的卫戍部队保障他们的安全。不过，只要他们归顺，他们的确能得到一些物质财富。

但他们三人都是特拉尔萨酋长埃尔·玛蒙[1]的后代（我想我可能把他的名字拼错了）。我认识这个人，当时他归顺了我们。他的服务得到了官方的赏识，靠历任总督发了财，并得到各个部落的尊敬，看得见的荣华富贵他似乎都已经有了。然而一天晚上，事先没有半点征兆，他竟然在沙漠里屠杀了由他陪同的军官，抢走了骆驼和枪支，又回到抵抗部落中去了。

1　埃尔·玛蒙，叙利亚人供奉的财富之神。——原注

这个从此在沙漠里逃亡的酋长，说不准哪天就遇到了阿塔尔的巡逻队，于是他那短暂的荣光就像焰火，顿时烟消云散。我们把这种突然的反抗，这种既英勇又绝望的逃亡称作背叛。而且我们对这样疯狂的举动也大为震惊。

然而，埃尔·玛蒙的故事也是许多其他阿拉伯人的亲身经历。埃尔·玛蒙老了。当人老了，就会开始思索。于是一天晚上，他发现他背叛了伊斯兰教的真主，他发现自己在和基督徒的交易中弄脏了手，这宗交易让他失去了一切。

的确，大麦与和平跟他又有什么关系？他只是一个失节的战士，随后做了向导。现在，他又想起自己曾经住在那样一个撒哈拉，每个沙丘的起伏都暗藏危机，夜里行军，就要派遣哨兵到队伍的前沿打探消息。那些有关敌方军情的消息使围在篝火边的人心跳加快。他又想起那茫茫沙海的滋味，人一旦品尝过就会终生难忘。

如今，他默默无闻地在一片和平却不再有任何魅力的土地上游荡。只有现在的撒哈拉才是一片沙漠。

他屠杀的那些军官，他或许也曾经敬爱过他们。

但对真主安拉的爱高于一切。

“晚安，埃尔·玛蒙。”

“愿真主保佑你！”

军官们裹在毯子里，躺在沙地上，像躺在木筏上一样，仰面看着群星。现在星星慢慢地移动，天空显示着时间的推移。现在月亮由智慧之神指引，向沙漠沉落，就要坠入太虚。这些基督徒马上就要睡着。再过几分钟，就只有星星还在闪烁。这时，为了让那衰落的部落恢复它从前的繁荣昌盛，为了继续这种唯一能使沙漠辉煌灿烂的追逐，只需让这些基督徒发出一声轻微的呼叫就可以让他们永远沉睡不醒……再过几秒钟，一个新的世界将从无可挽回的行动中诞生……

就这样，他杀死了那些熟睡的英俊中尉。

5

在朱比角，今天，盖玛勒和他的兄弟穆亚内请我去做客，我在他们的帐篷里去喝茶。穆亚内静静地看着我，蓝色的面纱蒙着嘴，一副野蛮保守的样子。只有盖玛勒独自和我说话，殷勤地招呼我：“我的帐篷，我的骆驼，还有我的女人，我的奴隶都属于你。”

穆亚内一直目不转睛地盯着我，时不时俯身对他兄弟说几句，随后沉默不语。

“他说什么？”

“他说包纳富偷了赫盖巴家一千头骆驼。”

这位包纳富上尉是阿塔尔骆驼骑兵队的军官，我不认识他。但我从摩尔人那里听说了他的很多传说。摩尔人说起他的时候很愤怒，但那样子又像是在谈论上帝。他的存在让沙漠变得有价值。他今天刚刚神不知鬼不觉地出现在向南部进发的土匪队伍的后面，偷了他们几百头骆驼，迫使他们回来和他对抗，以挽回他们自以为存放得很安全的财富。现在，他已经用他天使般的出现为阿塔尔解了围，把营地安扎在一片石灰质的高地上。他笔直地屹立在那里，像一种可靠的保证，他的影响是如此之大，以至于他迫使各个部落纷纷向他的营地逼近。

穆亚内越发凶巴巴地看着我，又跟他兄弟说了几句。

“他说什么？”

“他说：‘我们明天出发参加反对包纳富的队伍，有三百支枪。’”

我早就猜到了一些端倪。三天来，人们牵到水井边的那些骆驼，这些谈话，这份殷勤，似乎都是在装配一艘看不见的帆船。要把它带走的海风已经刮起来了。因为有了包纳富，向南方迈出的每一步都充满了荣光。我再也无法判断，这样的出发所蕴含的是恨还是爱。

在世界上有这么一位厉害的敌人要消灭是很奢侈的事情。他所到之处，那里的部落因为害怕和他正面交锋，就赶紧收起帐篷、集合骆驼，逃之夭夭。而那些边远部落却像为爱情一样为他神魂颠倒。人们抛舍了帐篷下的和平，挣脱了女人的拥抱，放弃了幸福的睡眠，经过两个月的长途跋涉，筋疲力尽来到南方，忍受着饥渴，忍受着风沙的折磨，他们认为世界上最重要的莫过于在黎明时分突然出现在阿塔尔的巡逻队面前，如果上帝保佑，达成杀死包纳富的心愿。

“包纳富很厉害。”盖玛勒向我承认道。

我现在知道了他们的秘密。他们就像那些迷恋一个女人的男人，在夜里辗转反侧，梦到这个女人漫不经心散步时的脚步声，他们为梦中这个女人漫不经心的散步劳神伤心、焦虑烦躁。包纳富遥远的脚步声也让他们痛苦不堪。避开那些冲他来的武装土匪，包纳富化装成摩尔人，带领他手下的两百名摩尔海盗潜入抵抗区。在那里，整个地区都不受法国管束，就算是他手下最差劲的一个士兵也可能从他的奴役中觉醒，把包纳富摆在石头祭桌上献给他的天主而不会受到任何处罚。在那里，只有他的威信才能震慑他们，甚至连他的弱点都让他们惧怕。那天夜里，在他们酣睡打呼的时候，包纳富从他们身边走过，若无其事地走过，他的脚步声一直响彻沙漠的心脏。

穆亚内在沉思，一直一动不动地待在帐篷的最里头，像一尊蓝色花岗岩的浅浮雕。只有他的眼睛熠熠生辉，他的银匕首可不再是一件孩子的玩具。自从他又和土匪打上了交道，他的变化多大啊！他感到从未有过的高贵，对我不屑一顾；因为受仇恨的驱使，他马上就要去找包纳富较量了，但这仇恨却带着爱的一切特征。

他又一次凑到他兄弟跟前，边低声说话，边看着我。

“他说什么？”

“他说如果他在远离堡垒的地方遇到你，他会开枪毙了你。”

“为什么呢？”

“他说：‘你有飞机和无线电话，你有包纳富，但你却没有真理。’”

穆亚内裹在他蓝色的长袍里，一动不动，像尊雕像，对我进行审判。

“他说：‘你像羊一样吃生菜，你像猪一样吃猪肉。你的女人抛头露面，不知羞耻。’他见过那些女人。他说你从不祈祷。他说，如果你没有真理，你要飞机、无线电话和包纳富又有什么用处？”

我很欣赏这个摩尔人，他捍卫的不是他自身的自由，因为在沙漠里，人们一直都是自由的；他捍卫的也不是看得见摸得着的物质财富，因为沙漠是寸草不生的；他捍卫的是一个秘密的王国。在浩瀚寂静的沙漠里，包纳富像一个老海盗，带领他的巡逻队四处巡逻，多亏有了他，朱比角的营地才不再是等闲游民的家园。包纳富风暴威慑了周边地区，由于他的缘故，晚上人们把帐篷挤在一起安扎。在南方，这种寂静是多么让人心碎：那是包纳富的寂静！而穆亚内这个老猎手，正在风中聆听包纳富行进的步伐。

当包纳富要回法国的时候，他的敌人，不仅不因此而欢欣雀跃，反而因此哭泣，好像他这一走沙漠就少了一个极，他们的生活就少了一份乐趣，于是他们问我："为什么你的那位包纳富要走呢？"

"我不知道。"

几年来，包纳富都在跟摩尔人做生死较量，他把摩尔人的规则当作他自己的规则。他头枕着他们的石头睡觉。在无休无止的追逐中，他和他们一样，也经历过《圣经》上说的由星星和风组成的夜晚。而现在，他竟然要走，竟然不顾最基本的游戏规则。他就这样随随便便离开了赌桌。摩尔人被留下单方面继续游戏，但他们对那种不需要拼命的生活的意义失去了信心。他们指望还能相信包纳富。

"你的包纳富，他会回来的。"

"我不知道。"

他会回来的，摩尔人都这么想。欧洲的游戏再也不能让他感到满足，不管是军营里的桥牌、晋升还是女人。念念不忘过去的威望，他将回来，回到这片每走一步都让人心跳的大地上，就像是朝爱情走去一样。当初，他或许以为来这里不过是猎奇，回欧洲才是最重要的，但他之后遗憾地发现，对他来说，真正的财富只有在这里才能拥有：沙漠的魅力，夜晚，寂静，这片风和星的家园。如果包纳富有朝一日回来，这消息当天晚上就会传遍抵抗区。摩尔人知道，包纳富就在撒哈拉的某个地方，和他的两百个海盗一起，他们知道他在睡觉。于是人们静悄悄地把单峰驼牵到井边，准备大麦食品。人们检查了枪栓。受仇恨的驱使，或者是爱。

6

“把我藏在飞机里带到马拉喀什[1]……”

在朱比角，每天晚上，那个摩尔人的奴隶都要向我提出这一简短的祈求。说完这个，他便觉得已经为自己的命运尽了力，随后盘腿坐下来为我沏茶。于是，这一天就会太平了，因为他以为把自己托付给了唯一能治愈他的医生。坐在烧水壶面前，他反复回味着生活纯朴的景象：马拉喀什黑色的土地，他的粉红色的房屋，他被剥夺的那份薄产。他既不埋怨我的沉默，也不埋怨我迟迟不救他：我和他不同，但我是一种驱动力，像一阵吉祥的风，终有一天会改变他的厄运。

可是，我只是一个普通的飞行员，只在朱比角担任几个月的机场场长职务。我所有的财产就是一间背

1 马拉喀什，摩洛哥地名。

靠西班牙堡垒的棚屋。屋子里只有一个脸盆，一个装着盐水的水壶和一张不够长的床，我对自己的力量还真没抱什么幻想：“老巴尔克，我们以后再说吧……”

所有的奴隶都叫巴尔克，所以他也叫巴尔克。尽管被抓来做奴隶已经有四年了，但他还是不死心：他记得他曾经是一个国王。

“巴尔克，你过去在马拉喀什是做什么的？”

在马拉喀什，他曾经有一份很好的工作，他的妻子和子女想必如今还住在那里：

“我过去是赶牲口的，那时我叫穆罕默德！”

当地的司法行政长官常常召他来：“我有群牛要卖。穆罕默德，到山上去把它们赶出来。”或者对他说：“我在平原上有一千头羊，把它们赶到上面的牧场上去。”

于是，巴尔克挥舞着一根橄榄树枝指挥牲口迁徙，他一个人要管一大群羊，既要让那些走在前面的矫健的羊放慢速度，以便照顾即将生产的母羊，又要督促那些走在后面懒惰的羊。他前进着，所有的羊都信任他，服从他。只有他知道它们要去哪片福地，只有他能根据星星来认路，只有他懂得羊群根本不可能明白的科学经验，只有他能凭着聪明才智决定队伍什么时候休息、什么时候喝水。晚上，当羊群睡了，站在齐膝的羊毛里，怀着对无知弱者无限的柔情，巴尔克，医生、先知和国王，在为他的子民祈祷。

一天，几个阿拉伯人过来和他说话："跟我们一起去南方赶牲口吧！"

他们让他走了很久，三天后，他被带到抵抗区的边界，在一条低凹的山路上，他们只是将手往他肩膀上一搭，给他取名巴尔克就把他当奴隶给卖了。

我还认识一些其他奴隶。每天，我都要到他们的帐篷里去喝茶。光着脚躺在长羊毛地毯上——这可是游牧民族的奢侈品。他们在毯子上面搭起了只逗留几小时的住所——我回味着白天的航行。在沙漠里，人们能感觉到时间的流逝。在炙热的阳光下，人们走向黑夜，走向晚风清凉，它拂过你的四肢，擦拭你身上的汗水。在炙热的阳光下，人和牲口既可以走向大的饮水池，也可以走向死亡。因此无所事事从来都不是消极的。每一个日子都很美好，就像那些通往大海的道路一样。

我认识他们，这些奴隶。当他们的主人从百宝箱里拿出炉子、烧水壶和杯子的时候，他们就会走进帐篷。在这只笨重的箱子里摆满了一些稀奇古怪的东西：没有钥匙的锁、没有花的花瓶、三个苏就能买到的镜子和一些老式武器。这些东西闲置在茫茫沙漠里，让人联想到海难后的残骸碎片。

这时，奴隶一声不吭地把枯枝干草塞到炉子里，吹旺炭火，再把水壶装满水，把能将一棵雪松连根拔起的力气花在一些小姑娘干的活儿上。他很平静，习惯了这样的生活：沏茶、照看骆驼、吃饭。在白天的似火骄阳下走向黑夜，在光秃秃冷冰冰的星空下期待白天的炽热。北方的那些国家真幸运，那儿有四季更替，夏天期待冰雪，冬天期待烈日。而地处热带地区的国家天天都在热烤箱里，没什么大的变化。但撒哈拉还算是幸运的，因为在那里，单单昼夜的差别就可以让人们从一个希望转到另一个希望。

有时，黑人奴隶蹲在门口感受夜风的滋味。在这个俘虏沉重的身体里，过去已不会再浮现在他的记忆里了。他甚至几乎不记得被劫的日子，那些毒打，那些叫喊，不记得当天晚上把他掀倒在地的男人们的臂膀。从那一刻起，他就在一种奇怪的睡眠里沉沦，像一个瞎子看不见塞内加尔缓缓流淌的河水，看不见南部摩洛哥的白色城池；像一个聋子听不见熟悉的声音。

今晚，他并不悲哀，他已经麻木了。一旦掉进游牧民族的生活圈子里，跟着他们四处迁徙，这一生都逃不出他们在沙漠里描绘出来的生活轨道，此后，他还能跟他的过去、他的家、他的妻儿老小有什么关系呢？今生再不能团聚，亲人在他眼里也是虽生犹死。

有些长期沉浸在刻骨铭心的爱情中的人一旦失去了所爱，有时也会厌倦孤单的生活。于是他们慢慢向生活让步，把平庸的爱情当作人生的幸福。他们委曲求全、受人役使、息事宁人，倒也感到日子的和顺。于是奴隶把烧好主人的炉子当成了自己的骄傲。

“给，喝吧。”主人有时会给奴隶一杯水。

这种时候往往是主人和奴隶一起走进阴凉的帐篷，疲劳和燥热消退，主人发了善心赏奴隶一杯茶水。于是奴隶不胜感激，为了这杯茶亲吻主人的膝盖。奴隶从来都不戴手铐脚链，因为根本没有那个必要！他是那么忠心耿耿，他心甘情愿地否认了自己是沦为阶下囚的黑人国王：他从此只是一个幸福的奴隶。

然而，终有一天，人们会放他自由。当他老得派不上用场，不值得主人花钱供他的吃穿，人们就会给他彻底的自由。整整三天，他从一个帐篷走到另一个帐篷，徒劳地挨家挨户去求人收留，一天比一天衰弱，到第三天结束的时候，只好乖乖地躺在沙地上等死。在朱比角，我见过他们就这样赤身裸体地死去。在漫长的等死的日子里，摩尔人常从他们身边经过，倒也不显得残忍凶恶。摩尔人的孩子就在这走投无路的可怜人身边玩耍，每天清晨，孩子们都会好奇地跑来看他是不是还会动，但他们不会嘲弄这位老奴仆。这倒也是合情合理。好像大家在对他说："你过去活儿干得不错，你现在有权睡觉了，安息吧。"他一直躺着，感到饥饿像一种眩晕，而不再是一种折磨人的不公了。他渐渐溶入大地，被太阳晒干并被大地吸收了。三十年的辛劳，最后才获得长眠和入土的权利。

碰到第一个这样的奴隶的时候，我没有听到他呻吟，不过也没有人要听他呻吟。我在他身上猜测到一种无奈的认命态度，就像一个迷失在雪地里、精疲力竭躺在地上、裹在雪和梦幻里的山民一样。并不是他的痛苦让我难受，我不相信他会痛苦。让我难受的是，当一个人死去，一个无人知晓的世界也随之消亡，我在想那些和他一起消失的是些什么样的图像。被渐渐淡忘的塞内加尔的种植园和南部摩洛哥的城市又是什么样子？我不知道，在这个黑奴身上消逝的是否只是些平常琐事的烦恼：烧水沏茶、赶牲口到井边……我不知道，就要安息的是一个奴隶的灵魂还是恢复了旧日回忆、尊严而死去的人。坚硬的头颅在我看来就像那些古老的百宝箱。我不知道有哪些彩色丝绸，有哪些节日的画面，有哪些在沙漠里早已过时、毫无用处的遗物可以幸免于海难。这只箱子就在那里，扣好了，沉甸甸的。我不知道在此人最后几天的昏迷中，随着他逝去的意识和逐渐重新变成夜和根的肉体，消亡的又是世界的哪个部分。

“我过去是赶牲口的，那时我叫穆罕默德！”

黑奴巴尔克是我认识的第一个不屈服于奴役的人。摩尔人侵犯了他的自由，在一日之间就把他变成了比新生婴儿还一无所有的人，但这没什么大不了的。天有不测风云，一小时之内，一个人的收成就全毁了。但是摩尔人对他人格造成的伤害比对他财产造成的伤害更大。巴尔克不屈服，而其他的许多俘虏却宁愿忘记自己从前是那个为养家糊口而终年劳碌的可怜的牧人。

巴尔克不像其他人那样，在平庸的幸福里厌倦了等待，终于心甘情愿地被人奴役。他不愿在奴隶主的慈悲里寻找做奴隶的快乐。他内心深处一直保留着穆罕默德曾经住过的房子，虽然他已经不住在里面。这座房子悲哀地空着，但其他人谁也别想住进去。巴尔克就像那个头发花白、寂寞无聊地死在杂草丛生的山路上的放牧人，至死都忠贞不渝。

他不说：“我是穆罕默德·本·拉乌辛。”而说：“我过去叫穆罕默德·本·拉乌辛。”梦想着这个被淡忘的人有朝一日死而复生，通过他的重生驱散他做奴隶的外表。有时，在夜的寂静里，所有的回忆都重现在眼前，伴着一首完整的儿歌：

夜深人静，
我们的摩尔翻译给我们讲故事；
夜深人静，
他谈起了马拉喀什，
他哭了。

在孤独中，没有人可以摆脱回忆的纠缠。突然间，另一个自我复苏了，他舒展一下身体，在身边找妻子，可是在这片沙漠上没有任何一个女人来过。巴尔克听着泉水的歌唱，可那里从来都没有泉水流过。于是巴尔克闭上眼睛，以为自己住在一座白色的房子里，每晚同一颗星星照耀着它，可那里人们都住在帐篷里，随风飘荡。满脑子都是复苏了的对往昔的柔情，就像是吸引它们的磁极已经近在眼前一样，巴尔克过来找我。他想告诉我他已经准备好了，他所有的柔情都已经准备好了，就等着回家把情感分发给大家，就等着我点头同意了。于是巴尔克微笑了，把他的主意告诉我，我以前可从来没有想到过："明天邮件就……你把我藏在前往阿加迪尔[1]的飞机上……"

"可怜的老巴尔克！"

因为生活在抵抗区，我们怎么能帮他逃跑呢？要是我们帮了他，天知道摩尔人第二天要用怎样的屠杀行为来报复这一偷逃和侮辱。我也试过在机械师罗贝尔格、玛尔夏勒、阿布格卡尔的帮助下赎买他，但摩尔人可不是天天能遇上想买奴隶的欧洲人，于是他们乘机漫天要价："要两万法郎。"

"你跟我们开玩笑？"

"看看他的手比臂有多强壮……"

就这样又过了几个月。

1　阿加迪尔，摩洛哥城市名。

最后，摩尔人要价减低了，在我给他们写信的法国朋友的帮助下，我觉得自己有能力购买老巴尔克了。

谈判很精彩，一直持续了八天。我们在沙地上围坐成一圈，十五个摩尔人和我一个。赞·乌尔德·拉达里是主人的朋友也是我的朋友，他是一个强盗，他在暗地里帮我:“还是卖了他吧，你反正要失去他的。”他顺着我的意思向主人建议道，“他有病，虽然暂时还看不出来，但疾病已经潜伏在他身上了。终有一天，他会突然全身浮肿。把他卖给法国人吧。”

我还答应给另一个名叫哈吉的强盗一笔好处费，如果他帮我做成买卖，因此他也试着说服主人：“用卖奴隶得来的钱你可以买好些骆驼、枪支和子弹了。这样你就可以当土匪，和法国人打仗了。这样，你也可以从阿塔尔再领三四个全新的奴隶回来。把这个老的处理掉吧！”

于是人们把巴尔克卖给了我。我把他藏在我们的机库里关了六天，因为如果他在飞机来之前到外面晃荡，摩尔人肯定会把他再抓走，然后把他卖得更远。

我终于让他摆脱了奴隶的身份，那又是一个美好的仪式。来了一位伊斯兰教的修士，还有巴尔克的老主人和易卜拉欣——朱比角的司法行政长官，这三个海盗本来是很想砍下巴尔克的脑袋，在离堡垒围墙二十米的地方，就为了要我看我笑话。但最终他们热烈地拥抱了老巴尔克，并在正式文件上签了字。

“现在，你是我们的儿子了。”

根据法律，巴尔克也成了我的儿子。

于是巴尔克拥抱了他所有的父亲。

出发之前，他在我们的棚屋里度过了一段美好的囚徒生涯。他每天要为自己描绘二十次即将到来的简单的旅行：在阿加迪尔下飞机，在这个中途站，人们会给他一张去马拉喀什的汽车票。巴尔克要扮演自由人的角色，就像孩子玩探险游戏：他就要再次走进生活，再次看见那大客车、那人群、那些城市……

罗贝尔格代表玛尔夏勒和阿布格卡尔来找我，说不能让巴尔克走后饿肚子。他们让我把一千法郎转交给他，这样巴尔克就可以找到工作了。

这让我想起那些做“善事”的老太太，她们施舍了二十法郎就要求别人对她们感恩戴德。罗贝尔格、玛尔夏勒和阿布格卡尔，三个飞机机械师并不是要做善事才拿一千法郎出来给巴尔克，更没指望得到他的感激。他们也不是出于怜悯，像那些梦想幸福的老太太那样。他们只不过为恢复一个人的尊严做一点贡献。和我一样，他们很清楚，一旦返回家的幸福沉醉过后，第一个冲着巴尔克迎上来的就是他的忠实朋友——贫困。不出三个月，他就要在某地的铁路上拆除枕木，他的生活比不上和我们一起在沙漠的时候幸福，但他有权在他的亲人中间恢复原来的面目。

“走吧，巴尔克，去做一个人吧。”

飞机开动了，就要起飞了。巴尔克最后一次探出身子看了一眼朱比角广袤的荒原。在飞机前面聚集了两百个摩尔人，他们都想看看一个站在新生活门槛上的奴隶是怎样一副面孔。如果飞机发生故障，他们或许还可以在不远处把他抓回来。

我们跟我们那个五十多岁的新生儿挥手作别，因为要让他到世界上去冒险，我们稍稍感到有点不安。

“永别了，巴尔克。”

“不对。”

“怎么不对？”

“就不对，我是穆罕默德·本·拉乌辛。”

我们最后一次有巴尔克的消息是来自阿拉伯人阿卜杜拉，他曾应我们的要求帮助巴尔克去阿加迪尔。

客车晚上才开，因此巴尔克就有了一整天的闲暇。他在小城里晃荡了很久，一声不吭，以至于阿卜杜拉猜测他有些不安，深受感动地问他：“你怎么了？”

“没什么……”巴尔克在突然得到的假期里太自由了，还没有完全体会到他的复生。他确实体会到一种模糊的幸福，但除了这幸福，昨天的巴尔克和今天的巴尔克却没什么区别。但从今以后，他就和别人一样分享阳光，有一样的权利可以坐在阿拉伯咖啡馆的棚架下。他坐在咖啡馆里为阿卜杜拉和他自己点了茶，这是他翻身做主人的第一个举动，他的权力改变了他的面貌。但服务生不以为然地给他倒茶，当那只是一个平常的举动。他并没感到，给巴尔克倒茶是对一个自由人的赞颂。

“我们去别处看看。”巴尔克说。

他们登上了加斯巴赫山，俯瞰阿加迪尔城。

娇小玲珑的舞女朝他们走来。她们流露出那么多柔情蜜意，巴尔克觉得自己就要重生了：就是这些姑娘，在不知不觉中欢迎他开始新的生活。她们拉着他的手，和颜悦色地给他献茶，就像她们给其他所有客人献茶时一样。巴尔克想谈谈他的新生，她们温柔地笑着，因为他高兴，她们也为他高兴。为了让她们惊叹，他又补充说：“我是穆罕默德·本·拉乌辛。”但这并没有让她们感到惊讶，所有人都拥有一个名字，许多人也是远道而来……

他又带着阿卜杜拉到城里转悠。他在犹太人的店铺前逛来逛去，眺望大海，想象着自己可以随意朝任何方向走动，因为他是自由的……但这种自由也让他感到苦涩：自由让他更加发现自己和人群是多么隔阂。

于是，当一个孩子经过的时候，巴尔克轻轻地抚摸着他的脸。孩子微笑了。他抚摸的可不是一个要人讨好的奴隶主的孩子，巴尔克把抚摸给予了一个孱弱的孩子。这孩子唤醒了巴尔克，让他感到自己在世界上稍微重要了一些，因为一个孱弱的孩子需要向他微笑。他隐约看见了什么东西，于是开始大步走了起来。

“你要找什么？”阿卜杜拉问。

“不找什么。”巴尔克回答。

但当他在街道拐弯的地方遇到一群孩子的时候，他停了下来。就在那里了，他默默地看着孩子们。然后，他朝犹太店铺走去，回来的时候怀里揣满了礼物。阿卜杜拉生气了：“傻瓜，留着你的钱吧！”

但巴尔克再也不听他的话。他郑重其事地招呼每一个孩子。于是一双双小手伸向玩具、手镯和金线缝制的拖鞋。每个孩子一拿到他的宝贝，就粗野地逃走了。

阿加迪尔的其他孩子得知消息后，都朝他跑过来：巴尔克给他们穿上了金线拖鞋。阿加迪尔附近的孩子也听说了传闻，纷纷欢呼着拥向这位黑天神，拽着他做奴隶时穿的旧衣服，索要他们应得的礼物，巴尔克破产了。

阿卜杜拉以为他是高兴疯了。但我认为巴尔克不过是要让他们分享他过度的喜悦。

既然他是自由的，他就拥有了最基本的财富：使自己受他人爱戴、走南闯北和自食其力的权利。那还要这笔钱何用……他像饿得厉害的人一样，迫切想和他人联络，成为他们中的一员。阿加迪尔的舞女对老巴尔克很温柔，但他轻易就离开了她们，正如他来时的从容，她们不需要他。这个阿拉伯店铺里的活计，这些街上的行人，大家都尊重他这个自由人，跟他一起平等地分享阳光，但谁也没表现出需要巴尔克。他是自由的，自由得让他感觉不到自己在地球上的重量。他缺少那份牵绊人活动的人际关系的重负，他需要眼泪、告别、责备、欢乐，所有那些当一个人做出一个动作时需要抚摸或撕裂的对象，那些把他和他人维系在一起并让他变得实在的千丝万缕的联系。压在巴尔克心头的，已经有成百上千个希望……

巴尔克的王国从阿加迪尔落日的辉煌和清凉里开始，长久以来，这份凉爽是他唯一期待的温馨栖息。由于出发的时刻临近了，巴尔克向前迈步，孩子的海洋簇拥着他，就像过去他被他的羊群所包围，在世界上划下第一道踪迹。明天，他就要回到贫困的家人中间，挑起养家糊口的重任，而他衰老的臂膀或许已经无力负担，但他在这里就已经举足轻重了。就像一个轻飘飘无法过人的生活因而做了手脚、在腰带上缝了铅块的大天使，于是巴尔克举步维艰，被千百个迫切需要金线拖鞋的孩子朝地面拖着拽着。

7

这就是沙漠。一本《古兰经》只不过是一种游戏规则，把沙漠变成一个游戏帝国。在荒凉的撒哈拉沙漠腹地，正在上演一出秘密的戏剧，让人激情荡漾。沙漠里真正的生活并非由寻找牧草的部落的迁徙构成，而是由仍在进行的游戏构成。在已经制服和尚未制服的沙漠之间，差别是多么大啊！对所有人来说，不也是这样么？面对这片面貌一新的沙漠，我想起童年时玩过的游戏，想起那个幽暗的金色花园，我们曾在里面供了无数的神。虽然只有一平方公里的土地，但我们对这个无穷无尽的王国从来都没有完全了解、完全探索透彻。我们形成了一种封闭的文明，在那里，走路有特别的步伐，事物有特别的意义，而这些在其他任何文明里都是不存在的。人一旦长大成人，生活就要遵从另外的法则，这时，那个充满童年身影、神奇、冰冷、灼热的花园还剩下什么？如今，当他回去，沿着灰色石头砌的矮墙在花园外面转转，怀着一种失望的心情，他会惊奇地发现，从前认为无边无际的园地竟然就封闭在这么逼仄的园子里。他终于明白，人是永远无法回到那个无限的天地中去了，因为他想返回的不是那个园子，而是游戏本身。

但是抵抗区已经不复存在。朱比角、锡兹内罗斯、坎萨多港[1]、拉萨加·埃尔·安哈、多哈、斯玛哈都不再神秘了。我们曾经朝它们奔去的地平线已经一条条消逝，就像那些昆虫，一旦落入温热手掌的圈套后，就失去了它们的颜色那样。但追寻这些地平线的人不

1　坎萨多港，摩洛哥地名。

是幻想的玩偶。当我们奔向这些发现的时候，我们没有弄错。《一千零一夜》里的苏丹也没有错，他追求那么一种微妙的东西，以至于他的那些美丽女俘刚被碰触到，就失却了她们翅膀上的金粉，在黎明时分一个接一个地死在他怀中。有人在沙漠里挖油井，靠他们的商品发财致富，而滋养我们的却是沙漠的魅力。但是他们来晚了，因为那些人迹不至的棕榈林，那些贝壳的原始粉末，已经把它们最珍贵的部分给了我们：它们只提供一小时短暂的热忱，已经被我们享用了。

✦

沙漠么？它曾经让我接触过它的心脏。那是在1935年一次飞往印度东南亚的长途飞行中，我发现自己像掉在陷阱里一样被困在埃及和利比亚交界的沙漠地带。我以为自己要死在那里了，下面就是故事的经过。

七

在沙漠中心

VII

Au centre du désert

1

当我到达地中海上空的时候，遇到了一些低沉的浮云。我下降到二十米的高度。暴雨打在挡风玻璃上，大海雾茫茫的。我要费很大劲才能看见东西，而不至于撞到轮船的桅杆上。

我的机械师安德烈·普雷沃为我点了几支烟。

“咖啡……”

他消失在飞机的后舱，回来的时候手里拿着一个保温瓶。我喝了咖啡。我不时地推一下节气门的控制杆，以便保持两千零一百的转速。我扫了一眼刻度盘：我的臣民们都很听话，每一根指针都乖乖地待在自己的位置上。我瞥了一眼大海，在雨中，它冒出阵阵水汽，像一个热气腾腾的大水池。要是我驾驶的是水上飞机，定会为大海的跌宕起伏而感到遗憾。但我驾驶的是普通飞机，不管浪高浪低，反正我都不能在海面上栖息。但我也不知道为什么，这让我产生了一种荒唐的安全感：大海不属于我世界的一部分。这里发生的意外和我无关，不会威胁到我：我的装备根本就不是用于海上飞行的。

经过一小时三十分钟的飞行，雨渐渐小了。云团一直很低，但阳光已经能穿透云层，像一个大大的微笑。我很欣赏好天气来临前所做的漫长准备。我猜想在我的头顶，是一层薄薄的白云。为了避开飓风，我斜向飞行：没有必要穿越风暴的中心了。这时出现了第一道云隙……

不用看我就预感到了这道云隙，因为我在正前方的海面上看到一条很长的绿茵茵的光影，宛如一片明晃晃的深绿色绿洲，就像我从塞内加尔起飞，飞越了三千公里的沙漠后在摩洛哥南部看到的让我心情激荡的大麦田一样。在这里，我再次感到我在接近一处有人烟的地区，心情顿时轻快起来。我转过身对普雷沃说：

“结束了，一切正常！”

“是的，一切正常……”

突尼斯。在给飞机加油的时候，我签署了几份文件。但就在我离开办公室的时候，听到跳水似的“扑通”一声。这一声闷闷的，没有回音。我当时就想起自己以前也曾听到过类似的声音：那是发生在车库的一次爆炸事故，有两个人在这沙哑的咳嗽声中死去。我回头看和跑道平行的公路：淡淡的尘土飞扬，两辆飞速行驶的汽车撞在一起，像冻在冰块中一样突然停滞不动了。有人朝事故车跑去，有人朝我们跑来：

“打电话……叫医生……脑袋……”

我的心一紧。宿命在傍晚平静的阳光里偷袭得手了。毁了容，撞傻了头或是丢了性命……强盗们就是这样在沙漠里行进，没有人听见他们在沙地里轻微的脚步声。在营房里，只有短暂的一阵抢劫时发出的嘈杂声。之后，一切恢复了平静。同样的安宁，同样的寂静……有人在我身边说什么头颅破裂。我不想听和这颗没有生气、血淋淋的脑袋有关的任何东西，我转身离开公路，朝我的飞机走去。但它在我的心里留下了一个危机四伏的印象。不久，我就要再次听到这种声音。当我以每小时两百七十公里的速度擦过黑色的高原时，我听出了那同样沙哑的咳嗽声：同样的“吭”的一声。这宿命的声音已经在等我们赴约了。

向班加西[1]飞去。

2

继续飞行。白天还剩下两小时。当到达的黎波里塔尼亚[2]地区时，我已经取下了我的墨镜。沙漠像镀了一层金。天晓得这颗行星竟是如此荒凉！再一次，我感到河流、森林和人类居住的住宅都似乎只是一些偶然的巧合。岩石和沙漠占的比例多大啊！

但这一切对我来说都是那么陌生，我的生活只和飞行联系在一起。我感到夜幕即将降临，我们就像在寺庙里一样闭门不出。我们把自己封闭在探研基本礼仪的秘密里沉思默想。尘世的一切都在慢慢退隐，即将消逝。所有的景致仍然沐浴在金色的阳光里，但有些东西已经开始蒸发。我不知道什么东西，我想说：没有任何东西比这一时刻更加珍贵。只要体验过不可

1　班加西，利比亚地名。

2　的黎波里塔尼亚，利比亚地名。

言传的飞行之爱的人都会理解我。

渐渐地，太阳消失了，广袤的金色的地面也逐渐消失，如果飞机发生故障，这地面或许会欢迎我降落在它上面……渐渐地，我看不见为我导航的标记，看不见出现在天空中可以帮助我避开暗礁的山脉的剪影。我驶进了黑夜，我在航行，现在只剩下星星……

这个世界的消亡是慢慢来临的，光线也是慢慢离我而去。天地渐渐融合在一起。大地浮升，像蒸汽一样扩散。最初出现的几颗星星像在绿色的水中摇曳。它们还需要很长时间才能变成坚硬的钻石。我也需要等很长时间才能看到流星无声的嬉戏。有几次，深夜时分，我看到那么多的火星乱窜，让我以为在星星的世界正刮着大风。

普雷沃试了一下常用灯和备用灯。我们用红纸把灯泡包了起来。

“再包一层……”

他于是再给它裹上一层，然后按一下开关。光线还是太强，就像摄影师的冲洗室，光线太强就会掩盖外界苍白的形象。有时候，在夜里，事物会显出朦胧的轮廓，光线却会将它抹杀。夜已经降临了，但还不是纯粹的黑夜。一轮新月挂在天边。普雷沃钻进后舱带回来一块三明治。我吃着一串葡萄。我不饿，既不饿也不渴。我一点也不觉得累，觉得自己可以这样开飞机继续开上十年。

月亮也消殒了。

班加西在黑夜里遥遥在望了。班加西憩在深沉的暗夜里，没有一点光晕做点缀。我在抵达的时候才看到这座城市。我在找机场，看见它红色的灯标亮了。灯光剪出一块黑色的长方形，我盘旋飞行。探照灯的光线直冲天空，像一根火柱，火柱旋转起来，在场地上划出一条金光大道。我继续盘旋飞行，以便更好地看清障碍物。这个中途站的夜间设备真是让人赞叹。我减速，开始俯冲，就像一头扎进黑色的海水里。

飞机着陆的时候是当地时间二十三点。我向灯塔滑行。殷勤的军官和士兵在暗处和探照灯刺眼的灯光里走来走去，一会儿看得见，一会儿又看不见了。他们看了我的证件，给我的飞机加油。我的中途停靠规定要在二十分钟内完成。

“请绕一圈，从我们头顶经过，不然我们不知道起飞是否顺利。”

上路。

我在这条金光大道上滑行，朝没有障碍物的跑道冲去。我的型号为“西穆”的飞机还没有滑行到跑道的尽头，庞大的机身就已经凌空而起。探照灯跟着我的飞机照过来，光线妨碍我盘旋飞行。最终，它放过了我，或许他们已经猜到探照灯刺我的眼。我垂直转了半圈，探照灯又照在我脸上，但它只是一闪而过，躲开我，把它金色的长笛指向他处。受到这种精心的照顾，我感到他们的殷切。现在我又掉头朝沙漠飞去。

巴黎、突尼斯和班加西的气象站都通知我顺风时速每小时三十到四十公里。我打算以每小时三百公里的速度飞行。我把航向对准亚历山大港和开罗两地直线距离的中部，这样就能避开海岸的禁地。即使我不自觉地偏离了航向，也可以在我的左边或右边得到这两座城市灯光的指引，或者，说得更宽泛些，得到尼罗河河谷地带灯火的指引。如果风速不变，我将飞行三小时二十分钟，如果风速减弱，我就要飞行三小时四十五分钟。我开始穿越一千零五十公里的沙漠。

月亮也不见了。黑如沥青的夜色一直蔓延到星星周围。我看不见一点灯火，找不到任何一个方位标。由于无线电联络中断，我在到达尼罗河之前不会收到由人发出的任何信号。除了我的罗盘和斯贝里陀螺仪外，反正我也没打算关注别的东西。我对什么都不再感兴趣，除了关心在晦暗的仪表盘上那根小镭针缓慢的呼吸。当普雷沃在飞机上走动时，我就把重心差稍微调整一下。我把飞机拉到两千米的高空，气象预报说那个高度的风是有利于飞行的。每隔一段时间，我就点亮一盏灯查看一下动力仪，当时的仪表盘还不全是夜光表面设计。大部分时间，我都待在黑暗里，待在和星星一样发出不灭而神秘的矿物光芒、说着同一种语言的微小星座之间。和天文学家一样，我也在研读一本天体力学的书籍。我也觉得自己既勤奋又专心。外界的一切都熄灭了。普雷沃撑了好一会儿，之后还是睡着了。我更好地体会我的孤独。发动机发出柔和的轰鸣声，在我面前的操纵盘上，是满天祥和的星星。

但我在沉思。我们既不能靠月亮指引，又断了无线电联络。在我们投入尼罗河灯火交织的罗网之前，跟世界没有任何联系。我们在一切之外，只有我们的发动机把我们悬在漆黑的夜空中。我们正在穿越童话中黑暗的大山谷，考验人的意志的山谷。这里没有任何救援，这里不许犯任何错误。我们只能听从上天的摆布。

一线亮光从电讯仪表台的缝隙里漏出来。我叫醒普雷沃好让他把光线灭了。普雷沃在黑暗中移动，像一只熊摇晃着前进。他专心致志地工作着，我也不知道他用了什么布头和黑纸片把缝堵上了。那道光线消失了。它就像是世界的一道裂缝，和苍白遥远的镭光完全不同。它发出的是夜总会里发出的灯光，而不是星光。最要不得的是它闪了我的眼，冲淡了其他微弱的光芒。

飞行了整整三小时。一道明亮的光线在我的右方闪现。我看了看。原来是拖在翼端灯后面长长的光迹，在这之前，我是看不见那盏灯的。这亮光断断续续、忽隐忽现：原来是我进入了云层，是云朵在反射灯光。在那些方位标志的临界地带，我会更愿意它是一片纯净的天空。光晕照亮了机翼，光线聚在那里一动不动、熠熠生辉，形成一束玫瑰光束。强劲的涡流一阵阵向我袭来。我在积云的大风里航行，不知道积云的厚度。我把飞机拉升到两千五百米的高度还是没能冲出云层，于是我又下降到一千米的高度。花束一直都在，一动不动，越来越亮。好吧，算了，不管它了。出了积云再看吧。但我不喜欢这家糟糕的旅店里透出来的光线。

我计算了一下："飞机在这里有点摇晃，这是正常的。虽然天空很纯净，飞行高度也高，但一路上都受到涡流的影响。风根本就没有平息过，我的飞行速度想必是超过每小时三百公里了。”不管怎么说，我也不知道什么确切的东西，还是等我出了云层再来定方位吧。

飞机终于出了云层。光束突然消逝了，就是它的消失告诉我大事不妙。我看着前方，发现目力所及之处有一条狭窄的空隙和另一堵积云堆积的墙壁。光束又亮了起来。

除了短短的几秒钟，我将再也飞不出云团。飞行了三个半小时之后，它开始让我感到不安，因为如果我是按计划飞行，那我就应该离尼罗河很近了。幸运的话，通过空中过道，或许我可以看到它，但这样的过道并不多。我不敢再下降，万一飞行的速度没有我想象得那么快，那我就还要飞越几块高地。

我并不是时刻担忧，只怕浪费了时间。但我给自己确定了一个客观极限：至多飞行四小时零十五分钟。过了这个时间，就算一丝风也没有——尽管无风的可能性很小，我也肯定飞过尼罗河了。

当我到达云层边缘的时候，光束发出的光越来越闪烁，越来越急促，之后突然消失了。我不喜欢和夜晚的魔鬼进行这样的密码通讯。

一颗绿色的星星出现在我的眼前，像一座灯塔一样明亮。到底它是一颗星星还是一座灯塔呢？我也不喜欢这种超自然的亮光，这颗三王朝圣的星辰，这一危险的邀约。

普雷沃醒了，照了照发动机的仪表盘。我把他连同他的灯一齐推开。我刚好飞在两团云团的间隙里，可以乘机往下看看。普雷沃又睡着了。

不过下面也没什么可看的。

飞行了四小时零五分。普雷沃过来坐在我身边：

“我们该到开罗了……”

“我也这么想……”

“那是一颗星星呢，还是一座灯塔？”

我把马达关小，或许因为这个普雷沃醒了，他对飞行时各种声音的变化很敏感。我开始慢慢下降，在云层里滑行。

我刚查了一下地图。不管怎样，反正我已经到达过零度标高，所以没有任何危险。我继续下降，掉头朝正北方向飞去。这样，我将在我的窗前看到城市的灯火。或许我已经飞过了？那它们就应该出现在我的左方。我现在是在积云的下面飞行，但挨在我左边的是一片压得很低的云团。我拐了个弯，朝北东飞去，以免撞入它的网罗。

这团云无疑压得更低了，它挡住了我全部的视野。我不敢继续下降，高度表显示我到达了四百度标高，但不知道气压是多少。普雷沃凑过身来，我对他喊："我要一直飞到海上去，就坠到海里一了百了好了，免得撞在地上受罪……"

不过没有任何迹象表明我们没有偏离航向，说不定我们已经飞到海面上空了。云团下方漆黑一片。我紧贴着窗户试图看到下面的情形，试图发现灯火、发现信号。我像在灰烬里寻找，在炉底努力寻找生命的炭火。

"一座海上灯塔！"

我们两人同时看到了这个时隐时现的陷阱！多么疯狂！这幽灵般的灯塔，这夜晚的发明到底是什么地方？因为就在我和普雷沃俯身想再次在离我们机翼三百米的地方找到它的那一瞬间，突然……

"啊！"

我确信自己没说别的什么话。我确信自己只感受到一阵天翻地覆的断裂。我们的飞机以每小时两百七十公里的速度撞在地上。

我也确信，在接下来的百分之一秒的时间里，等待我们的不是其他，而是飞机爆炸时迸发出来的紫色星光，我和普雷沃都将和飞机一道被炸得粉碎。但我和普雷沃谁都没有感到一丝激动。我的内心只是在等待，等待那颗辉煌的星星，等待在那一秒钟里和它一起消亡。但根本就没有出现紫色星光，只感到一阵地震，震坏了我们的机舱，震掉了我们的窗户，把铁皮钢板震飞到百米外的地方，震得我们五脏六腑全是它的轰鸣。飞机就像一把刀从远处飞来射在一块硬木头上面，不停地颤抖。我们被这种愤怒震撼。一秒钟，两秒钟……飞机还在颤抖，我很不耐烦地等待这种能量使飞机像手榴弹一样炸开花，但底部的震动虽然持续不断，但却没有引发最后的宣泄爆炸。我一点也弄不懂这一看不见的运作，一点也不明白这一震动，不明白这一愤怒，也不明白为什么总是没完没了……五秒钟，六秒钟……突然，我们感到一阵天旋地转，这次撞击把我们的香烟抛出窗外，飞机的右翼撞得粉碎，之后就一动不动，像冰冻住了一样。我冲普雷沃大叫：“快跳！”

同时他也叫了起来：“着火了！”

我们顺势地从震掉下来的窗口翻了出来，站在离飞机二十米的地方，我问普雷沃："一点也没伤着吧？"

他回答我："一点也没伤到。"但他在揉他的膝盖。

我对他说："身上到处摸一摸，动一动，向我发誓你哪儿都没摔坏……"

他回答我说："没什么，是应急泵……"

我啊，我以为他会马上头破肚裂地瘫在地上，但他目光定在那里，重复道："是应急泵……"

我啊，我心想：他疯了，他马上就要手舞足蹈……

飞机终于免于大火，他于是把视线从飞机上移开，看着我，接着说："没什么，是应急泵撞了我的膝盖。"

3

我们还活着，这真是不可思议。我手提电灯追溯飞机降落时在地面留下的痕迹。在离飞机最后停靠地两百五十米远的地方，我们找到了一些扭曲的铁皮和碎片钢板，在飞机所到之处，沙尘四溅。天亮后，我们就会知道，原来我们横切过沙漠高地顶端一个平缓的山坡。在撞击点的沙地上有一个坑，就像犁铧犁出来的坑一样。飞机没栽跟头，而是像蛇一样，肚皮贴地，怒气冲冲，摇头摆尾，以每小时两百七十公里的速度向前冲去。我们得以保全性命或许多亏了地上那些黑色的卵石，它们在沙地上滚动自如，就像一张台球桌上的台球。

普雷沃拔掉了蓄电池上的电源，以免日后因为短路而引起火灾。我背靠发动机，思忖着：在历时四小时零十五分钟的飞行中，我可能在高空遭遇了时速为五十公里的大风，飞机因此有些颠簸。但如果风和预报的有别，那我就对风向一无所知了。因此，我现在置身在一个边长四百公里的正方形区域里。

普雷沃过来坐在我身边，他对我说：“能活下来真是个奇迹……”

我没有回答他，也没有丝毫欣喜之情。我头脑里已经有一个朦胧的念头在作怪，渐渐开始折磨我了。

我让普雷沃把他的灯点亮作为一个方位标记，而我拿着我的电灯笔直朝前走。我仔细地观察地面，慢慢地前进，兜了大半圈，改变了几次方向。我在地上搜索，好像在找一枚丢失的戒指，就像刚才寻找炭火一样。我一直在黑暗中前进，弯腰盯着灯光照到的那块圆形的白色地面。真是这样……真是这样……我慢慢朝飞机走去。我坐在机舱旁边，沉思着。我竭力寻找希望的理由，但怎么也找不到。我竭力寻找生命的一个迹象，但生命并没有留下任何踪迹。“普雷沃，我连一根草都没看见……”

普雷沃沉默了，我不知道他是否明白我的意思。我们等天亮后再谈好了。我只是感到非常疲倦，我想：“大约四百公里的距离，困在沙漠里……”突然，我跳了起来：“水！”

汽油箱和油箱都摔裂了，我们的备用水箱也一样，沙地把一切都吸干了。我们在一个打碎了的保温瓶底找到半升咖啡，在另一个保温瓶底找到四分之一升白葡萄酒。我们把这些液体过滤一下，然后把它们混在一起。我们还找到一点葡萄和一个橙子。但我计算了一下：“头顶烈日在沙漠里步行五小时，我们就会把这点东西全吃光……”

我们在机舱里安顿下来等待天亮。我躺下来，就要睡着了。我一边打瞌睡一边总结我们的不幸遭遇：我们一点也不知道自己的位置，甚至只有不足一升的饮料。如果我们是在航线的直线位置附近，那么人们在一星期内就可能找到我们，这已经是最好的打算，但就算这样也为时已晚。如果我们是横向偏离了航向，人们可能要花六个月的时间才能找到我们。不能指望飞机，因为它们要在方圆三千公里的范围内寻找我们。

“啊！真可惜……”普雷沃对我说。

“有什么可惜的？”

“我们原本可以一了百了的……”

但不应该这么快就认输。普雷沃和我又镇静下来。不应该放弃得到奇迹般地从天而降的救援机会，尽管它微乎其微；我们也不应该待在原地而错过可能就在附近的绿洲。今天我们要走整整一天，之后再回到飞机旁边。我们在出发之前，将把我们的计划用大写字母写在沙地上。

我于是蜷起身子，我要一觉睡到天亮。我很高兴自己能入睡。疲倦让我感到周围似乎有很多人。我不是一个人在沙漠里，在半梦半醒之间，到处是声音、回忆和喃喃私语。我还不渴，自我感觉良好，任由自己进入梦乡。现实在梦境面前也要退避三舍……

啊！当白天来临，情况就大不一样了！

4

我曾经热爱过撒哈拉。我在抵抗区度过许多夜晚。我曾经在这片金黄的旷野中醒来，风在沙地上留下层层沙浪，就像它在大海上掀起滚滚波涛。我曾经睡在机翼下等待救援，但这和眼下的情形根本不能相提并论。

我们在起伏的沙丘坡地上行走。沙地上覆盖着一层黑色光亮的石头，就像是金属鳞片，包围着我们的那些小山丘就像一副副锃亮的盔甲。我们跌进一个矿物世界里，被困在一片遍地钢铁的景致里。

翻过第一个山丘，远处又出现另一个相似的山丘，黑亮黑亮的。我们一边向前走，一边在地上用脚拖出一条可以指引我们返回的痕迹。我们面对太阳前进。我决定朝正东方向前进，这显然是最不合逻辑的，因为一切迹象都表明我已经飞越了尼罗河：天气预报、我的飞行时间。但我曾往西做过一次短暂的尝试，感到一种自己一点也不知道如何解释的不自在。于是我把往西走留到第二天再试。我也暂时放弃了往北走的打算，虽然那个方向通往海洋。三天后，在一次半谵妄状态下，我们决定彻底放弃我们的飞机，一直向前走，直到摔倒为止。我们还是朝东出发，更确切地说是朝东北东方向。这完全是不合常理的，也不会有任何希望。而以后，当我们得救后，我们才发现没有任何一个方向可以让我们返回原地，因为就算朝北走，我们也会因为精力衰竭而到不了海边。尽管看起来当时的决定很荒唐，但我今天回想起来，在没有任何启示可以作为我们选择的依据的时候，我选择这个方向的唯一理由就是这个方向曾经拯救过我的朋友吉尧梅，我当时在安第斯山脉到处找他。所以在潜意识里，这个方向对我来说就成了生命的方向。

步行了五个小时后，风景变了。一条流沙河好像流入一个山谷，于是我们沿着谷底的道路往前走。我们迈开大步，要尽可能走得远一点，如果没什么发现，那我们就在夜晚降临前返回。这时，我突然停了下来：

“普雷沃。”

“怎么了？”

“足迹……”

不知从何时起，我们忘了在身后留下拖痕？如果我们找不到来时的足迹，那就只有死路一条。

我们半道折回，向右边斜走过去。当我们走了有段距离后，就会垂直转回最初的方向，这样我们就又能找到我们原先在路上留下的足迹拖痕。

重新接上这条线后，我们又继续出发。气温升高了，随之而来的是海市蜃楼。但那还只是些最常见的海市蜃楼。巨大的湖泊出现了，当我们一走近就不见了。我们决定穿越沙谷，然后爬上最高的沙丘好极目远眺。我们已经步行了六个小时，踏步走应该走了有三十五公里了。我们终于到达了黑色圆形沙丘的山顶，我们默默地坐在那里。沙谷在我们的脚下，通向一片没有石头的沙漠，闪着白色的耀眼光芒。一望无际的空旷。但在地平线上，光线的折射已经形成了一些更加让人意乱神迷的蜃景。有城堡和尖塔，有线条笔直的几何图形。我还看到一大块黑影，像一片植被，但它的上空笼罩着最后一团白天消散、夜晚复出的云朵。那不过是积云的影子罢了。

继续前进是徒劳无益的，这样做不会有任何结果。应该回到飞机那儿去，它的红白航标或许会被同志们发现。尽管我对这些搜寻不抱什么希望，但感觉它们是我们获救的唯一机会，尤其是我们把最后几滴饮料留在那里。我们必须把它们喝掉。为了生存，我们必须回去。我们是束缚在铁箍里的囚徒，这个铁箍就是我们短暂的耐渴力。

但是往回走也是艰难的，因为或许继续向前就是生路！除了海市蜃楼，或许地平线上真有林立的城市、淡水河流和草地。我知道往回走是对的。然而回头的时候，我还是觉得挨了一记闷棍，整个人都要沉没了。

我们躺在飞机旁。我们走了不止六十公里的路程。我们喝完了所有饮料。我们在东边一无所获，也没有同志从这片土地上飞过。我们还能坚持多久？我们已经口渴极了……

我们用几块撞碎了的机翼残骸搭了一个大柴堆，准备好汽油和可以发出耀眼白光的镁板。我们等天完全黑下来才点燃我们的火堆……但人又在哪里？

现在火焰升起来了。我们虔诚地注视着我们的信号灯在沙漠里燃烧，注视着我们的信号在夜里无声地放射光芒。我想，如果说信号带走的是一个感人的呼唤，它带走的还有无限的深情。我们要求喝水，同时我们也要求联络。但愿有另一堆火也在夜空中燃起，只有人才拥有火，但愿他们回应我们！

我又看到了我妻子的眼睛。除了那双眼睛，我看不到别的东西。它们在询问。我又看到了那些所有可能牵挂我的人的眼睛。这些眼睛也在询问，所有的目光都在责备我的沉默。可我在回答！我在回答！我在竭尽全力地回答，我已不能在黑夜燃起更耀眼的火光了！

我已经尽力了。我们已经尽力了：走了六十公里却几乎没有喝水。现在我们再也没得喝了。如果我们等不下去了，这难道是我们的过错？我们可以乖乖地待在这里，吮吸我们的水壶。可是，从我把锡壶底吸干的那一秒钟起，一座时钟就开始走了。从我把最后一滴水吮吸完的那一秒钟起，我就已经开始走下坡路了。如果时间像江河一样把我卷走，那我又能怎样？普雷沃哭了。我拍拍他的肩膀。为了安慰他，我对他说："如果命该如此，那就认命吧。"

他回答我说："你以为我在哭我自己吗……"

哎！是的，我已经发现这个显而易见的事实了。没有什么是不能忍受的。明天，或者后天，我就会明白没有什么是不能忍受的了。我对垂死的折磨只是半信半疑。我也曾想到过。有一次我被关在机舱里，以为就要淹死了，但我并没有感到十分痛苦。有几次我以为自己就要砸破脑袋了，但根本不觉得这是什么了不得的事情。此时此地，我也不觉得焦虑不安。明天，我将了解死亡那些更离奇的折磨。虽然生了一堆火，我是否已经放弃被人找到的希望了呢？只有上帝才知道……

"如果你以为我是为自己哭……"是的，是的，这才是让人无法忍受的。每次我看到那些期待的眼睛，就感到被火灼了一下，就想一骨碌爬起来笔直朝前奔去。那边有人在呼救，那边船只失事了！

这是一种奇怪的角色的倒置，但我总觉得事实就是这样。然而我需要有普雷沃才能完全肯定这一点。普雷沃也没有丝毫感到人们常在我们耳边说起的那种死亡焦虑，但有什么东西是他所无法忍受的，对我也是一样。

啊！我真愿意就这样睡着了，沉睡一晚或几个世纪。如果我睡着了，就不会知道彼此的区别了。还有，多么安静啊！但那边人们即将传来的呼救声，那些绝望的火焰……我受不了这样的景象。我不能对那些遇难的船只袖手旁观！每一秒钟的沉默都会对我所爱的人造成伤害。怒火在我心中燃烧：为什么这些锁链要阻止我及时赶去营救那些就要淹没的人？为什么火光不把我们的呼唤传到世界的尽头？耐心！……我们来了！……我们来了！……我们是救生员！

镁板烧完了，我们的火变成了红色。这里只剩下一堆炭火，我们俯在它上面取暖。我们明亮的信号结束了。它引发了世界上的什么东西？哎！我知道它什么都没能引发。它不过是一次没有被聆听的祈祷。

好吧，我就要睡着了。

5

清早，我们在机翼上用旧抹布收集了一玻璃杯底掺杂了油漆和机油的露水。真叫人恶心，但我们还是把它喝了。没别的好喝，我们至少可以用它润润嘴唇。用完这顿美餐后，普雷沃对我说："幸好还有这把手枪。"

我猛地发起脾气，转身恶狠狠地敌视他。此时此刻，我最痛恨的莫过于感情的流露。我迫切需要一种平常心，让我认为一切都很平常，出生很平常，长大很平常，渴死也很平常。

我用眼角睨视普雷沃，如果必要，甚至准备揍他一顿好让他闭嘴。但普雷沃很平静地和我说话，谈到一个卫生问题。他谈起这个问题就好像他在对我说"我们应该洗手"一样。于是我们都同意。昨天当我看到那只皮手套的时候就已经想到了。我的想法很理智却不伤感，只有人情世故才让人伤感。我们的无能为力是因为无法让那些我们应该对他们负责的人放心，而不是因为手枪。

人们一直没有找我们，或者说得更确切些，人们也许在别处找我们——可能在阿拉伯半岛。明天以前，我们是不会听到飞机飞过的声音的，而那时我们或许已经抛弃了我们的飞机。所以我们对这种唯一的、遥远的路过已经无所谓了。我们只是混迹在沙漠无数黑点中的两个黑点，我们不能指望别人发现我们。人们日后对我所受的苦难的种种说法都不会准确。我并没有受苦，我只是觉得那些救生员在另一个宇宙里飞行。

要找回一架降落在约三千公里之外的沙漠上、情况不明的飞机，需要十五天的搜索。因为人们可能要从的黎波里一直找到波斯湾。但是，就在今天，我还保留着这个渺茫的希望，因为除此以外再无别的指望。于是，我改变策略，决定由我一人出发探路，普雷沃则留下来准备火堆，等飞机经过就点火，但我们是不会有人眷顾的。

于是我走了，也不知道自己是否还有力气回来。我想起我所知道的有关利比亚沙漠的情况。撒哈拉沙漠的湿度是百分之四十，而这里的湿度降到了百分之十八。生命就像水汽一样蒸发。贝都因人[1]、旅行者

1　贝都因人，生活在中东和北非沙漠地带的游牧民族。——原注

和殖民地军官都指出，人可以十九个小时不喝水。二十个小时后，眼睛就会冒金星，终结也就开始了：干渴的进展简直快如闪电。

但是这阵东北风，这阵不正常的风欺骗了我们，它有悖于所有的预料，把我们钉在这个高地上，现在无疑苟延了我们的生命。但就在最初的金星开始在眼前晃悠之前，它能给我们多久的宽限期呢？

于是我走了，感觉自己是坐着一条独木舟向茫茫大海驶去。

还好，由于晨光熹微，周围的景致看起来也没那么凄凉。一开始，我把手插在口袋里走，像个顺手牵羊的小偷。昨天晚上，我们在几个神秘洞口布了几个圈套，我那想当猎人偷猎野味的念头蠢蠢欲动。我先去察看那些圈套：里面空空如也。

所以我是喝不到血了。说实在的，我也没存那个指望。

我并不怎么失落，相反，我很好奇。在沙漠里，这些动物是靠什么生活的呢？它们大概是些犬耳狐或沙漠狐吧，它们是些兔子般大小、长着大大耳朵的肉食小动物。我忍不住好奇，顺着它们中一只的踪迹找过去。这些踪迹把我带到了一条狭仄的沙河旁，在这里，所有的足迹都清晰可见。我欣赏着三个扇形脚趾所留下来的美若棕榈叶的足印，想象着我的沙狐朋友在黎明时分轻盈地小跑，舔着石头上的露水。在这里，脚步变得稀疏：我的沙狐朋友飞奔起来了。有一个同伴在此地和它会合，它俩并肩小跑。就这样，我怀着奇异的快乐心情加入了这趟清早的散步。我热爱这些生命的迹象。我暂时忘了我的口渴……

最终，我找到了我的沙狐朋友们的食品柜了。在这里的沙面上，每隔一百米，就冒出一簇又干又硬的小灌木丛，有大汤碗那么大，茎上爬满了金色的小蜗牛。沙狐在黎明时分出来觅食。我在此撞见了自然界的一个大秘密。

我的沙狐并不是在每丛灌木面前都停下来的，就算那上面爬满了蜗牛，它也会置之不理。它在有些灌木边绕上一圈时，显然是十分小心谨慎的。它走到一些灌木跟前，但也没有对它扫荡一空。它吃了上面的两三只蜗牛后，就换了餐馆。

难道是为了延长清晨散步的乐趣，沙狐才不一下子让自己吃个饱吗？我不这样认为。它的行为是和一种必备的策略紧密结合在一起的。如果沙狐在第一丛灌木上就吃个够，那么吃上两三顿，它就把灌木上的蜗牛吃光了。这样饕餮，从一丛吃到另一丛，就摧毁了蜗牛的繁衍能力。沙狐很有节制，为避免影响蜗牛的传宗接代，它不仅一顿只吃百来个棕色的丛生物，而且从不在同一根枝条上捕食两只相邻的蜗牛。这一切就好像沙狐知道那种潜在的危险一样，如果它肆无忌惮地猛吃暴食，蜗牛就会绝种，要是没有了蜗牛，沙狐也将不复存在。

足迹又把我引到洞穴。沙狐或许就在那里聆听我的动静，被我那雷鸣般的脚步声吓坏了。于是我对它说："我的小狐狸，我完了，但很奇怪，这并不妨碍我对你的生活习性发生兴趣……"

我待在那里遐想，觉得人们可以适应一切。如果一个人想到他三十年后可能死去，这个想法并不会破坏他眼前的快乐。三十年也好，三天也罢……不过是时间长短的问题。

但还是应该忘记某些画面……

现在我继续上路，由于疲倦，我自身也发生了变化。就算根本不存在海市蜃楼，我也会把它们编造出来……

"喂！"我振臂高呼，可是那个打手势的人只是一块黑色的岩石。沙漠中的一切都开始活动，我想唤醒这个熟睡的贝都因人，他却变成了一根黑色的树干。变成树干？这一景象让我大吃一惊，于是我弯腰去看清楚。我想捡起一根折断的枯枝，可它又变成了大理石！我直起身环顾四周，看到其他的黑色大理石。一片洪荒以前的森林的断木枯枝覆盖了一地。十万年前，在一次创世记的大风暴中，它像一座教堂那样坍塌了。多少世纪过去，时间才把这些树干滚到我眼前，这些巨大的柱子被磨得像钢铁一样光滑，变成玻璃和化石，黑如墨汁。我仍可以看出树的枝节，看出生命的扭曲，我数着树的年轮。这座原本是百鸟啁啾的森林受到了诅咒，变成了一片盐碱地。我感到这里的景色有着敌意。比盔甲似的山丘更黑，这些庄严肃穆的残骸对我不理不睬。我，一个活人，到这些不朽的大理石中间来做什么？我，终究难免一死，身躯也会随之消亡，我来这永恒之地做什么？

从昨天算起，我已经走了大约八十公里。我有些头晕，或许是因为口渴，或许是因为阳光。太阳照在树干上，就像给它们涂了一层油。太阳照耀着整个地壳，这里既没有沙也没有狐狸，只有一块巨大的铁砧板，而我正走在这块铁砧板上面。我感到太阳在我的脑子里鸣响。啊！那边……

“喂！喂！”

“那边什么也没有，你别激动，这是谵妄。”

我对自己这样说，因为我需要求助于我的理智。要我拒绝承认我所看到的东西是很困难的。要我不朝那支正在行进的驼队跑去也是很困难的……那儿……你看！

“傻瓜，你明知道那是你编造的……”

“那么世界上没有什么东西是真实的……”

没有什么是真实的，除了离我二十公里远的山丘上的那个十字架。十字架或灯塔……

但那里不是往大海去的方向，所以是一个十字架。每个晚上我都研究地图。我的工作毫无用处，因为我不知道自己的位置。但我趴在那里，把所有表示有人烟的标记都看了一遍。在一个地方，我发现了一个小圈，上面画了一个类似的十字架。我参阅了图例，上面写着：“宗教场所。”在十字架边上，我还看到一个小黑点，我又参阅了图例，上面写着：“常年井。”我心里一震，大声念叨：“常年井……常年井……常年井！”阿里巴巴和他的宝藏比得上一口常年井吗？

稍远处，我又看到两个白色的圆圈。我参阅了图例：“间歇井。”这就没那么美好了。然后周围就再也没有其他东西了，什么都没有。

这不就是我的宗教场所么！为了召唤遇难者，修士们在山丘上竖起一个大十字架！我只要朝它走过去就行了。我只要朝那些多明我会的修士奔去就行了……

“但是在利比亚只有科普特修院。”

“……朝那些勤勉的多明我会修士奔去。他们拥有一个漂亮、凉爽、铺了红色地砖的厨房。在院子里，还有一个美妙的生锈的水泵，你一定猜到了……在生锈的水泵下面就是那口常年井！啊！当我拉响门铃，当我去拉那口大钟的绳索，那边就会跟过节一样……”

“傻瓜，你描绘的是普罗旺斯的一座房子，何况那里的房子是没有钟的。”

“……当我拉响大钟！看门人双手伸向天空，对我欢呼：‘您是上帝派来的使者！’他将召唤所有的修士。他们将赶紧跑出来，热烈地欢迎我，就像欢迎一个穷苦的孩子。然后他们会把我推到厨房。他们会对我说：‘等一下，等一下，我的孩子……’我们一直跑到常年井那儿去……”

“而我，我幸福地全身发抖……”

可是不，我不愿仅仅因为土丘上没有了十字架而流泪。

西边给我们的许诺只不过是些谎言。我已经转向朝正北走了。

至少北方充满了大海的歌声。

啊！翻过这座山头，视野就宽广了。那里有世界上最美丽的城市。

“你明知道那是海市蜃楼……”

我当然清楚那是海市蜃楼。我啊，是不会上当受骗的！但如果我乐意进入海市蜃楼呢？如果我乐意这样希望呢？如果我乐意喜欢上这座筑有雉堞、阳光普照的城市呢？如果我乐意迈着轻快的脚步笔直朝前走，既然我不感到劳累，既然我是幸福的……普雷沃和他的手枪，真让我好笑！我宁愿自我陶醉。我是醉了。我渴得要死！

黄昏让我清醒。我猛地停住脚步，为自己已经走了那么远而后怕起来。黄昏时，海市蜃楼就消失了。水泵、宫殿、僧服都在地平线上消隐了。只剩下无边无际的沙漠。

"你走得太远了！黑夜马上就要抓住你，你只好等天亮，可明天你的脚印将会被抹平，你就真的哪儿都不存在了。

"那不如继续朝前走……何必往回走呢？我不愿再给自己当头棒喝了，或许我就要，我就要张开双臂拥抱大海了……

"你在哪儿看到大海了？你是永远都到不了海边的。你和它或许还隔着三百公里，而且普雷沃正在'西穆'飞机旁守候！他或许已经被一支驼队发现了……"

是的，我要回去，但我要先和人们打个招呼："喂！"

上帝啊，这个星球，它不是有人住的吗……

"喂！人啊！……"

我嗓子哑了，再也发不出声音。我觉得自己这样叫喊很可笑……但我又喊了一次：

"人啊！……"

这声音有些夸张和自以为是。

之后我转身往回走。

走了两小时后，我看到了普雷沃的火光，他以为我走丢了，害怕地把火把举到天上。啊！……我对此竟是如此无动于衷……

又走了一小时……还有五百米。还有一百米。还有五十米。

“啊！”

我惊讶地停住脚步。欢乐洋溢在我的胸膛，我抑制住内心的激荡。普雷沃，在炭火的映照下，正和两个背靠在发动机上的阿拉伯人聊天。他还没有看到我。他自己都快活得没空想别的了。啊！要是我也像他那样等在这里……我早就解脱了！我快乐地叫道：“喂！”

那两个贝都因人惊跳起来，看着我。普雷沃撇下他们独自朝我走来。我张开双臂。普雷沃扶着我的胳膊，难道我要摔倒了吗？我对他说：

“总算好了。”

“什么？”

“阿拉伯人啊！”

“什么阿拉伯人？”

“刚才和你一起的阿拉伯人啊！……”

普雷沃奇怪地看着我，我感觉他在很不情愿地向我吐露一个残酷的秘密：“根本就没有阿拉伯人……”

这一次，我或许真的要哭了。

6

人们在这里不喝水可以活十九个小时，我们从昨晚到现在又喝了些什么？几滴黎明时分的露水！东北风一直刮着，这减慢了我们身体蒸发的速度。这风还有助于高空乌云的形成。啊！要是它们能飘到我们头上，要是能下雨！但在沙漠里是从来不下雨的。

“普雷沃，我们来把降落伞裁成三角形的布片，再用石头把它们固定在地上。如果风向不变，黎明时分，我们就可以把这些布片上的露水拧下来收集到一个汽油箱里去。”

我们把六块白色布片排在星空下。普雷沃拆下一个汽油箱。我们就只盼着天亮了。

普雷沃在碎片堆里找到了一只神奇的橙子。我们把它分吃了。我因此很激动，虽然我们需要的是二十升的水，这半个橙子实在是太微乎其微了。

我躺在我们的篝火旁边，看着这只发光的水果，我对自己说：“人们不知道一只橙子意味着什么……”我又对自己说：“我们完蛋了，但又一次，这种必死无疑的念头没有剥夺我的快乐。我手中握着的这半个橙子带给我的，是我人生最大的快乐之一……”我仰天躺着，吮吸着我的水果，数着天上的流星。在这一分钟里，我觉得无比幸福。我又对自己说："我们按其规律生活的世界，如果人们没有被困在里面，他是猜不到它的真谛的。"直到今天我才理解死囚的香烟和朗姆酒的意义。我过去无法想象他如何能接受这样悲惨的命运。而他竟然从中还得到了许多乐趣。如果看见他笑，人们就以为他很勇敢。殊不知他笑是因为他喝到了朗姆酒。人们不知道他已经换了角度，他是把最后这一个小时当作了他整个的人生。

我们收集到大量的水：大概有两升。告别干渴了！我们得救了，我们就要喝水了！

我在我的油箱里灌了一锡壶的水，但这水是黄绿色的，刚喝了第一口，我就感觉味道可怕极了，因此虽然渴得厉害，我在咽下这口水之前，还是深吸了一口气。就算是泥浆，我也能把它喝下去，但是这股毒化了的金属味道比口渴更让人难以忍受。

我看见普雷沃两眼在地上转来转去，好像在专心寻找什么似的。突然他弯下腰，呕吐起来，一边还在不停地转圈。三十秒后，轮到我了。我抽搐得那么厉害以至于跪到地上，手指插到沙子里。我们互相都不说话，就这样颤抖着，整整过了一刻钟，除了一点胆汁，再也吐不出别的什么了。

结束了。我只感到一阵隐隐的恶心。但我们失去了我们最后的希望。我不知道我们的失败是因为降落伞的涂料还是因为淤积在油箱里的四氯化碳。我们原本应该用其他容器或其他一些布片。

那么，我们还是赶快吧！天已经亮了。上路吧！我们要逃离这座该死的高原，大踏步朝前走，直到跌倒为止。我以吉尧梅在安第斯山脉的表现为榜样：从昨天起，我就非常想念他。我违背了要待在飞机残骸边上的明文规定。人们再也不会在这里找我们了。

又一次，我们发现自己不是遇难者。遇难者，是那些等待着的人，是那些被我们的沉默所威胁的人，是那些因为一个可恶的过错而撕心裂肺的人。我们不能不朝他们奔去。吉尧梅也是，他从安第斯山脉归来后也对我说过他是朝着遇难者奔跑过去的！这真是一个普遍的真理。

“如果我是孤单一人活在世界上，我就躺下来了。”普雷沃这样对我说。

于是我们笔直朝东北东方向走去。如果我们已经飞过了尼罗河，那我们现在每一步都是朝阿拉伯沙漠的腹地陷落。

关于当天的情形，我已经不记得了。我只记得自己很急切，急切地要朝某个东西赶去，朝我的破灭赶去。我还记得我是盯着眼前的地面前进的，海市蜃楼弄得我心灰意冷。时不时地，我们用指南针校正一下方向。有时我们也躺下来喘口气。我还把留着过夜时用的橡胶雨衣扔在路上的某个地方了。其余的我就什么都不知道了。只有夜晚的清凉还留在我的记忆里，我也像沙子一样，心上的一切都被抹平揩去了。

我们决定日落时露营。虽然我知道我们应该继续走下去：今晚要是没有水我们就完蛋了。但我们随身带了降落伞的布片，如果毒不是来自涂料，那明天早上我们就能喝到水了。我们要再次在星空下拉起我们捕捉露水的网。

但那天晚上北部的天空清澈无云，风的味道变了，风向也变了。我们已经感受到沙漠热风的吹袭。猛兽苏醒了！我感到它在舔舐我们的手和脸了。

就算继续走，我也走不了十公里。三天来，我滴水未沾，已经走了一百八十多公里了……

但是，就在我们歇息的时候：

“我向你发誓，那是一个湖。”普雷沃对我说。

“你疯了。”

“都这时候了，太阳都落山了，怎么可能是海市蜃楼呢？”

我什么也没有回答。我不再相信自己的眼睛已经有很长时间了。这或许不是海市蜃楼，那它就是我们的癔症的产物。普雷沃怎么还会相信呢？

普雷沃却固执己见：“离这儿就二十分钟的路，我这就过去看看……”

他的顽固激怒了我：“去看吧，去透透气吧……这对身体大有好处。不过，就算你的湖真的存在，它也是咸的，你要清醒一点。不管它是咸是淡，反正远着呢，最要命的是它压根不存在！”

普雷沃两眼发直，已经走远了。这种难以抗拒的诱惑，我是领教过的！我想：“有些梦游者，不就是要直扑到火车底下去吗？”我知道普雷沃不会回来。空幻的景象迷住了他，他不会半道折回的。他走不了多远就会跌倒。他将死在那边，而我死在这里。而这一切都是那么微不足道！……

我认为心里出现这种淡漠不是什么好兆头。在快要溺毙的时候，我曾经感受过同样的平和。不过我还可以乘机趴在石头上写封遗书。我的遗书写得优美得体。我要在上面写满我明智的忠告。重读这封信的时候，我隐约有些洋洋自得。日后人们谈到它时会说："真是一封出色的遗书！真遗憾它的作者已经死了！"

我也想知道自己已经到了哪步田地。我试着弄出点唾液：已经有多少个小时我没有吐过口水了？我再也没有口水了。如果我把嘴巴闭上，一种黏沫就会把我的嘴唇粘住。黏沫干后就在嘴唇外面形成一个坚硬的环。但我试着把它咽下去，居然还真能咽下去。我的眼前还没有乱冒金星。当这一辉煌的景观出现在我眼前时，我就只剩下两个小时可活了。

天黑了。从那天晚上开始，月亮慢慢盈满了。普雷沃没有回来。我仰天躺着，想着所有这些事情。我回忆起从前的一个印象，我要设法让它明确起来。那时我是……是在……在船上！我前往南美，就这样躺在轮船的甲板上。桅顶在星空里慢慢来回地移动。这里少了一根桅杆，但我还是在船上，驶向我无力挽回的目的地。黑奴贩子把我捆绑好了，扔在一条船上。

我想到没有回来的普雷沃。我从来没听过他抱怨，一次也没有。这很好。我肯定受不了听别人呻吟。

普雷沃是条汉子。

啊！在离我五百米远的地方，他在晃动他的灯！他找不到他走时的脚印了！我没有灯可以回应他，于是我爬起来，我冲他喊，但他听不见……

第二盏灯在离他的灯两百米的地方亮了，之后是第三盏灯。天哪！这是人们在搜寻我们啊！

我大喊：

“喂！”

但他们听不见我的叫声。

三盏灯继续打着呼唤的信号。

那天晚上，我没有发疯。我自我感觉良好。我很平静。我仔细地看了看。在离我五百米远的地方有三盏灯。

“喂！”

但他们总是听不见我叫唤。

我忽然感到一阵恐慌。我马上就要体会到于刹那间留存的唯一念头。啊！我还能跑过去：“等一等……等一等……”他们就要掉头走开了！他们就要走远，到其他地方去寻找了，而我，我就要摔倒在地！就在有那么多臂膀来迎接我的时候，我却跌倒在生命的门槛边……

“喂！喂！”

“喂！”

他们听见我了。我喘不过气来，我喘不过气来，可我还在奔跑。我朝着声音的方向跑去：“喂！”我看见普雷沃就摔倒了。

“啊！当我看到所有这些灯的时候……”

“什么灯？”

这一次，我没有感到丝毫的绝望，而是一股隐隐的怒气。

“那你的湖呢？”

“我走过去，它就躲开。我朝它走了半个小时。走了半小时我才发现它离得太远了。于是我往回走。但我现在肯定那是一个湖……”

“你疯了，绝对是疯了。啊！你为什么要这样做？……为什么？”

他做了什么？他为什么要做？我气得直想哭，但我不知道自己为什么生气。普雷沃哽咽着向我解释说：“我多想找到水喝……你的嘴唇是那么苍白！”

啊！我的气消了……我把手放在额头上，好像大梦初醒一样，我感到忧郁。我慢慢地告诉他：“我看见，当我看见你的时候，我看得清清楚楚，不可能弄错，三盏灯……我跟你说，我看见它们了，普雷沃！”

普雷沃没说话。“是啊，”他最终承认说，“情况很糟糕。”

在这种没有水汽的地方，地上的热量很快就辐射完了。天气已经很冷了。我站起来走路，但很快就哆嗦得受不了了。我的血液因缺水而循环不畅，寒气逼人，但这不只是夜晚的寒冷。我的牙床冻得格格作响，身子也抖得跟筛糠似的。我颤抖的手几乎抓不住电灯。我从前从不怕冷，而现在我却感到自己要冻死了，干渴产生的反应多奇怪啊！

因为懒得在大热天带着我的橡胶雨衣，我把它扔在路上了。可如今风越刮越猛。我发现在沙漠里根本没有藏身之所。沙漠就像大理石那么光滑。在白天它不会为你提供一点阴凉，晚上只会让你在寒风中没有一点遮蔽。没有一棵树、一道篱笆、一块石头可以容我藏身。寒风就像平原上的骑兵向我直冲过来。我只好团团转以躲避它的来犯。我躺下，又站起来。不管是躺着还是站着，我都得挨寒风的鞭打。我跑不动了，我再也没有力气了，我逃不出凶手的魔爪，我跪倒在地，脸埋在手心里，屠刀就在我头上！

过了一会儿，我才清醒过来。我站起身，笔直朝前走去，身子一直颤抖着！我在哪儿？啊！我刚离开，我听见普雷沃的声音！是他的呼叫唤醒了我……

我朝他走回来，一直哆嗦着，好像全身都在打嗝。我对自己说："这不是寒冷，是别的原因。是我的大限到了。"我已经缺水缺得太厉害了。前天，还有昨天我独自出去走了那么多路！

冻死的想法让我难受。我宁可死在内心的幻影里。那个十字架，那些阿拉伯人，那些灯。不管怎么说，它们开始引起我的注意。我不喜欢像奴隶那样忍受鞭打……

我仍然跪在地上。

我们随身还带了一点药品。一百克纯乙醚，一百克九十度的酒精和一瓶碘酒。我试着喝了两三口纯乙醚，那就好像我吞了刀子下去。之后我又喝了一点九十度的酒精，这下总算是把我的喉咙封住了。

我在沙地上挖了一个坑躺在里面，然后再用沙子盖住身体，只有我的脸露在外面。普雷沃找到了几根枯枝，生了一堆很快就会燃尽的火。普雷沃不愿意把自己埋在沙子里，他宁可跺脚取暖。他错了。

我的喉咙发紧，这不是个好兆头，但我自我感觉好过一点了。我感觉平静。一种超越了任何希望的平静。我身不由己地踏上旅程，面对星空被绑在贩奴船的甲板上。但我或许还不是很不幸……

我不再感到寒冷，只要不动任何肌肉。于是，我忘了埋在沙子里的躯体。我不再动弹，永远都不会再感到痛苦。何况，说实在的，人受的苦还真不算多……在所有这些苦痛过后，剩下的就是疲倦和错乱的协奏了。一切都变成画册，变成有点残忍的童话故事……刚才，风驱赶着我四下乱窜，为了躲避它，我像困兽一样团团转。之后我感到呼吸困难：一个膝盖硌着我的胸膛。一个膝盖。我在天使的重负下挣扎。在沙漠里我从来都不是孤身一人。既然我现在不相信周围的一切，我不如缩在自己的躯壳里，闭上眼睛，不再动一根睫毛。我感到，有一股图像的激流把我带到一个宁静的梦里：在大海深处，江河就平静了。

永别了，你们这些我曾经爱过的人。如果人体不能忍受三天不喝水，那可绝不是我的错。我过去没想到自己对水源竟是那么依赖。我没料到人的忍耐力竟是如此短促。我们以为自己可以笔直朝前方走去，以为人是自由的……我们没看见把我们拴在井上的绳索，它像脐带一样，把我们和大地肚子连在一起。谁多走了一步，谁就得死。

除了你们的痛苦，什么我都不在乎了。不管怎么说，上天待我不薄。如果我能回去，我还会卷土重来。我需要生活。在城市里，已经没有人的生活了。

我这里说的根本就不是飞行。飞机，它不是一个目的，而是一个工具。人们并不是为了飞机而去冒生命的危险。同样，农人也不是为了犁铧才去耕种。通过飞机，人们可以离开城市和他们的会计师，可以重新找到农人的真谛。

我们干的是人的工作，我们遇到的也是人的烦恼。我们接触的是风、星星、黑夜、沙漠和海洋。我们和大自然的力量斗智斗勇。我们期待黎明就像农人期待春天。我们期待中途站就像期待一片福地，我们在群星中寻找自己的真理。

我不抱怨。三天来，我走了很多路，口干舌燥，在沙漠里寻找行踪，把露水当作希望。我力图找到我的同类，我忘了他们住在地球上的什么地方。这才是活着的人的忧虑。我不能不认为它比在晚上找一家音乐厅要重要得多。

我再也不能理解那些乘坐郊区火车的芸芸众生，

他们自以为是人，然而却因承受着某种他们感觉不到的压力而沦为像蚂蚁一样的虫豸。当他们空闲的时候，用什么来填满那些荒唐而短促的礼拜日呢？

有一次，在俄罗斯，我在一家工厂听到有人演奏莫扎特。我在文章中写到此事。结果我收到两百封诘难的信件。我并不责怪那些更喜欢在低级音乐咖啡馆听流行小调的人，他们根本不了解其他音乐。我只恨那些开这类音乐咖啡馆的人，我不喜欢他们让人沉沦。

在工作中我是幸福的。我觉得自己是中途站的农人。在郊区火车上，我感到的垂死的感受和在此地的感受大不相同！在这里，不管怎么说，我都是死得其所！……

我没有一点遗憾。我奋斗过，但我失败了。这对从事我们这个行业的人来说也很平常。不过，我总算是呼吸过海风了。

领略过一次海风滋味的人，永远都忘不了这种滋养。不是吗？我的同志们？这并不意味着要过冒险生活。这种说法有点夸张。我一点也不喜欢斗牛士。我喜欢的不是危险。我知道自己喜欢什么。那就是生命。

我觉得天就要亮了。我从沙子里伸出一只胳膊。

我手边有一块布片，我摸了摸，它是干的。再等一等。露水要到清晨才有。当天大亮了，而我们的衣服却一点也没有潮湿。于是我的思绪有点乱，我听见自己说：“这里有一颗干枯的心……一颗干枯的心……一颗干枯得挤不出一滴眼泪的心……”

“上路吧，普雷沃！我们的喉咙还没有噎住：我们应该继续走下去。”

7

西风起了，它可以在十九个小时内就把人吹干。我的食道还没有堵住，但它又硬又疼，我猜想有什么东西哽在那里。很快我就要咳嗽了，这情形别人跟我描述过，我就等着它发作了。舌头也让我感到不自在。但最严重的是我眼前已经出现亮斑了。当它们变成火花，我就要躺下了。

我们走得很快。我们要充分利用清晨的凉爽。我们很清楚在大太阳底下，就像人们说的，我们就再也走不动了。在大太阳底下……

我们没有权力出汗，甚至没有权力等待。这种凉爽也不过是湿度为百分之十八的那种凉爽。风是从沙漠腹地吹过来的。在这种温柔和虚情假意的抚摸下，我们的血液在蒸发。

第一天，我们吃了一点葡萄。三天来，我们只吃了半个橙子和半个橘子。我们能用什么唾液来咀嚼我们的食物？但我一点也不感到饥饿，我只感到口渴。而且从现在开始，我不止感到口渴，还感到口渴引起的后果。那干硬的喉咙，那像石膏一样的舌头，那如鲠在喉的难受和嘴巴里可怕的气味。所有这些感觉对我来说都是新的体验。无疑水可以治疗它们，但我根本不记得这种药是和这些感受联系在一起的。干渴越来越不是一种欲望，而成了一种越来越厉害的疾病。

我觉得泉水和水果的形象似乎已经不那么让人心碎了。我忘了橙子的光泽，就好像我已经忘记了自己的柔情。或许我已经把一切都忘了。

我们坐在那里，但我们又该出发了。我们放弃了漫长的跋涉。走上五百米，我们就累瘫了。于是我很高兴地躺下来。但马上又该出发了。

风景变了。石头稀少了。我们现在走在沙子上。在我们前面两公里远的地方有几个沙丘，在沙丘上有几颗低矮的植物。和钢铁铠甲相比，我更喜欢沙子。这是金色的沙漠。这是撒哈拉。我想我是认出它了……

现在我们只要走上两百米就精疲力竭了。

“我们继续走，不管怎样，好歹要走到那些灌木边。”

这是一个极限。一星期后，当我们原路返回寻找“西穆”飞机的时候，我们在汽车上证实了当时这最后的企图是八十公里的路程。我们已经走了将近两百公里，如何还能继续下去?

昨天，我了无希望地走着。今天，这些话都失去了它们的意义。今天，我们是为了走路而走路，或许和地里的耕牛没有分别。昨天我还梦想着栽满橘子树的天堂。而今天，对我来说，已经不存在什么天堂了。我也不再相信橘子的存在了。

我再也没有任何感觉，除了一颗极度干枯的心。我就要摔倒了，但我并不感到绝望，甚至不感到痛苦。我的遗憾是：忧伤之于我就像水一样甜美。人们自悯自怜，就像向一个朋友倾诉一样自怨自艾。但我在世界上已经没有朋友。

当人们找到我的时候，我两眼赤热，人们以为我曾大声呼唤，受过许多折磨。但是激动、懊恼和温柔的折磨都还可以算是一些财富。而我已经一无所有。清纯烂漫的少女，在她们初恋的夜晚，学会了忧伤并为之落泪。忧伤是和生命的颤动维系在一起的。而我已经不再有忧伤……

沙漠，就是我。我再也没有口水，一无所有，再没有什么温馨的形象让我为之颤栗了。太阳烤干了我的泪腺。

然而，我又觉察到了什么？希望之风吹拂着我，就像飑风掠过海面。先警告我的本能再唤醒我的神智的信号又是什么呢？一切都没有改变，而一切又都变了：这片沙尘，这些沙丘，这些淡淡的绿色斑点，它们已经不再是一道风景，而是组成了一个舞台。这个舞台还是空旷的，但一切都准备就绪。我看着普雷沃。他也和我一样惊讶，但他也不理解他自身的感受。

我向你发誓，就要发生什么事情了……

我向你发誓沙漠活跃起来了。我向你发誓这种空旷，这种寂静忽然比广场上的人声鼎沸更加让人感动……

我们得救了，沙地上出现了人的踪迹！……

啊！我们曾经失去人类的行踪，曾经与世隔绝，曾经感到自己在世界上孤苦伶仃，被熙熙攘攘的人群所遗忘，而现在，我们在沙地上，发现了人的神奇的足迹印在上面。

“这儿，普雷沃，两个人曾经分开过……”

“这儿，有一只骆驼跪过的痕迹……”

“这儿……”

然而，我们还没有获救。等待是不够的。再过几个小时，人们就再也救不了我们了。一旦开始咳嗽，干渴的进程就快得惊人。而我们的咽喉……

但我相信这支驼队，它在沙漠的某个地方游荡。

于是我们继续走路，突然我听到了鸡叫。吉尧梅曾对我说过：“到最后，我在安第斯山中听到鸡叫。我还听到火车开过的声音……”

听到鸡叫的那一刹那，我想起了他的故事，我对自己说：“先是我的眼睛骗我，那可能是干渴的后果。我的耳朵更能坚持……”但普雷沃抓住我的胳膊：

“你听到了吗？”

“什么？”

“鸡叫！”

“那么……那么……”

那么，当然啦，傻瓜，那是生命……

我还产生了最后一个幻觉：三只狗互相追逐。普雷沃也仔细看了看，但什么也没看见。但我俩都朝那个贝都因人伸出双臂。我俩都对他使尽了我们肺腑中的全部气息。我俩都幸福地笑了！……

但我们的声音传不到三十米远。我们的声带已经干了。我们互相说话都是低声细气的，我们自己竟然都没有觉察！

但这个贝都因人和他的骆驼刚从沙丘后面出现，竟又慢慢地、慢慢地走远了。也许他也是孤身一人。一个恶魔把他摆在我们眼前又把他收了回去……

而我们再也跑不动了！

另一个阿拉伯人的侧影出现在沙丘上。我们呼叫，但声音很低。于是我们挥动双臂，我们感觉整片天空都被我们巨大的信号填满了。但这个贝都因人一直看着右前方……

现在，他在那里不慌不忙地转了四分之一圈。就在他正面对着我们的那一秒钟，大功就可告成。就在他看到我们的那一秒钟，他就已经能消除了我们的干渴、死亡和幻影。他在那里转上四分之一圈，就已经改变了整个世界。只要他上身动一动，只要他目光移一移，他就能创造生命，他在我眼里无异于神……

真是奇迹……他朝我们走来，在沙漠上，就像上帝在海上一样……

那个阿拉伯人只是看了看我们。他用手按住我们的肩膀，我们顺从他，躺了下来。此时此地，再没有种族、语言、派别之分……只有这个贫穷的牧民用他天使般的双手按在我们的肩膀上。

我们等待着，额头贴着沙地。现在，我们肚皮贴地，头浸在水盆里，像牛犊一样畅饮。贝都因人吓坏了，不停地让我们缓一缓。但他的手一松，我们又把整个脸都埋在水里。

水啊！

水，你无色无味，人们无法定义你，只是品尝你，却不认识你。你不是生命的必需：你就是生命本身。你在我们的身心注入了一种无法用感官形容的乐趣。有了你，所有已经丧失的能力又回到了我们体内。有了你的恩泽，我们心灵所有干涸的泉源又重新开始流淌。

你是世界上最大的财富，你也是最微妙的，你在大地的怀中是那么纯洁。人们可以在一口含镁的泉水边死去，也可以在离盐湖两步远的地方丧命，两升含了几粒盐的露水也能让人长眠。你不能接受任何的掺杂，也不能容忍丝毫的变质，你是一位多疑的神明……

但你在我们身上散播了一种无限纯朴的幸福……

至于你，救了我们的利比亚的贝都因人，你将永远消失在我们的记忆里。我再也记不起你的面容。你是大写的人，你同时又是以所有人的面孔出现在我面前。你从来没有仔细端详，却已经认出了我们，你是亲爱的兄弟。而我，我也将在所有人身上认出你。

在我眼里，你浑身洋溢着高贵和善良，你就像有权力赐人以水的伟大天主。我所有的朋友、所有的敌人都附在你身上朝我走来，在这个世界上，我已经不再有任何一个敌人。

八
人

VIII

Les hommes

1

又一次，我触及一个我不理解的真理。我以为自己完了，我已经触到了绝望的深渊，而一旦听天由命，我便得到了和平。仿佛在这种时刻，人就发现了自我，成了自己的朋友。没有什么东西能抵得上这份圆满的情感，它能满足我们内心一种我不知道也不曾了解的本质的需求。我想，在风中奔波劳顿的包纳富一定体验过这份祥和。风雪中的吉尧梅也一样。我又何尝可以忘记，全身埋在沙子里，被干渴慢慢扼住喉咙，仰望满天的星星，我的内心却是那么炽热？

如何才能在我们心中促成这种解脱呢？人的一切都是那么自相矛盾，我们很清楚这一点。你确保他的吃穿，好让他专心创造，而他却昏昏欲睡；凯旋的征服者萎靡不振；慷慨大方的人一旦发财，就变得吝啬小气。那些自我吹嘘可以让人充分展现自我的政治学说和我们又有什么关系呢？如果我们事先不了解它们能让怎样的人充分展现，诞生的会是谁？我们不是饱食终日的牲畜，一个贫穷的帕斯卡的出现要比几个富裕的庸人的出生意义重大得多。

本质的东西，我们无法预见。我们每个人都曾在山穷水尽的时候感受过最热烈的欢乐。这种欢乐是那么让人怀念，以至于我们对曾经的苦难念念不忘——如果真是我们的苦难带来了这些欢乐。和同志们重逢，回忆起不愉快的往事也能让我们心驰神往。

我们知道什么？除了知道一些尚不为人知的条件可以让我们得到充实和滋养。人的真理又在哪里？

真理是绝不能自我论证的。如果在这块地里橙树长得根深果硕，在那块地里就不是，那么这块地就是橙树的真理。如果这种宗教，这种文化，这种价值标准，这些行为方式可以使人得到充实和发展，发挥他潜在的高贵品质，而不是其他种种，那这种价值标准，这种文化，这些行为方式就是人的真理。逻辑呢？让它自个儿想办法应付生活去吧。

在整本书里，我提到了几个人，他们属于那些似乎服从了一种崇高的使命、选择了沙漠或航空的人，就像其他一些人选择了修道院；如果在你看来我是要鼓动你首先去赞美人的话，那我就背叛了我的初衷。首先要赞美的，是造就人的土地。

使命无疑也起到一定的作用。有的人终身都埋没在商店里，有的人则朝着一个必需的方向奋勇直前：我们在他们的童年经历中可以找到处于萌芽状态的这些激情，就是这些激情解释并决定了他们全部的命运。而回头再看这些前尘旧事，总容易让人产生幻觉。这些激情，我们几乎可以在任何人身上找到。我们都遇到过一些小店主，在海难或失火的夜晚，表现得比他们平时要伟大。他们对自己潜在的完美人格并没有误解：这个失火的夜晚是他一生中最值得纪念的一夜。但是，由于缺乏新的机会，缺乏得天独厚的土壤，缺乏严谨的宗教，他们又重新昏睡，不相信自身的伟大。当然，使命可以帮助人解放自我，但使命本身也同样需要得到解放。

航空之夜，沙漠之夜……这都是些罕见的机会，并不是人人都能碰上的。可是，在环境的激发下，他们都表现出了同样的需求。如果我在这里讲述我在西班牙度过的一个夜晚，那也不算离题，那个夜晚给了我这方面的启迪。我谈论某些人谈得太多了，我想谈谈所有的人。

那是在马德里前线，我作为记者前去采访。那个晚上，我在一个地下遮蔽所的角落里，和一个年轻的上尉同桌吃饭。

2

电话铃响的时候，我们正在聊天。对话进行了很长时间：指挥部下达了在当地出击的命令，一次荒谬而绝望的进攻，要在这个工人区攻克几座已经改成水泥碉堡的房子。上尉耸了耸肩，回到我们身边："我们中间去打头阵的，站出来……"接着，他把两杯白兰地推到我和碰巧在场的中士面前。

"你第一个跟我去，"他对中士说，"喝完去睡吧。"

中士去睡了。我们还有十二个人围坐在桌旁守夜。在这间密封得不透一丝光线的地下室里，强烈的灯光照得我直眨眼睛。五分钟前，我透过枪眼朝外瞧了一眼。掀开遮盖枪眼的破布后，我瞥见笼罩在幽深的月光下，一堆堆似有幽灵出没的颓垣断壁。我把遮布盖回原处，就像是擦一条油渍一样把月光揩去了。至今，我的眼前还保留着海蓝色碉堡的样子。

这些士兵肯定是回不来了，但他们都克制着一声不吭。这次进攻是执行命令。从人的储备库里调拨几个人出来，就像从谷仓里抓了一把种子，撒播在地里一样。

我们喝着白兰地。在我右边，有人在下棋。在我左边，有人在开玩笑。我这是在哪儿呢？一个喝得醉醺醺的人走进来，他摸摸蓬乱的胡子，温柔的目光在我们身上打转。他的视线移到白兰地上，移开又移回到白兰地上，再带着哀求的神情转向上尉。上尉低声笑了。那人看到了希望，于是也笑了。旁观的人也都暗自笑了起来。上尉慢慢地把瓶子往后挪，那人渐渐流露出绝望的目光，一场天真的游戏就这样开始了，透过香烟的袅袅烟雾，透过不眠之夜的倦怠，透过即将到来的进攻的前景，像一场悄无声息的芭蕾舞，如梦似幻。

我们把自己关在船只暖融融的底舱里游戏，而外面的轰炸声像海浪一样，一浪高过一浪。

这些人不久就要在战争之夜的王水中，洗净他们的汗水，清除他们的酒气，消解他们等待的郁闷。我感觉他们是那么接近灵魂受洗的时刻。但他们还在跳着醉汉和酒瓶的芭蕾舞蹈，能跳多久跳多久。他们还在下这盘棋，能下多久下多久。他们还活着，尽量多活一刻是一刻。但他们已经拨好了摆在搁板上的闹钟。闹铃就要响起，于是这些人应声而起，伸伸懒腰，扣上腰带。那时，上尉就会拔出手枪。那时，醉汉就会清醒。于是他们将从过道的小斜坡上出去，从容不迫地走到一扇天蓝色的矩形门前。他们将随口说点简单的什么：“要命的冲锋……”或者“天真冷啊！”随后他们就冲了出去。

时间到了，我看到中士醒来。他躺在地下室杂物堆中间的一张铁床上。我曾看着他睡觉。觉得自己也体会过这种无忧无虑、无比幸福的睡眠。这让我想起我在利比亚的第一个夜晚，那次普雷沃和我坠落在沙漠里，没有水，也没有生还的希望，在尚未感到极度口渴之前，我们竟然还睡着过一次，但也仅此一次，睡了整整两个小时。我感到在沉睡中自己在使用一种奇妙的权力：拒绝现实世界的权力。这个身躯还听我使唤，还没有打扰我内心的平和，只要我把脸埋在臂膀里，我的这一夜就跟另一个幸福之夜没有丝毫差别。

中士就这样歇着，蜷作一团，不像人的模样；当那些来唤醒他的人点燃一支蜡烛，插在一个瓶子的长颈口里，我一时还分辨不清这堆不成形的东西为何物，除了两只旧靴子。上了铁钉铁掌的大靴子，短工或码头工人穿的那种大靴子。

这个人脚上穿的是工具，全身上下穿戴的无一不是工具：子弹带、手枪、皮背带、腰带。他佩戴着驮鞍、颈圈，耕马所需的全套马具。在摩洛哥的地窖角落里，可以看见一些瞎眼的马匹在推磨。在这里，在摇曳不定的泛红的烛光下，人们唤醒的也是一匹瞎马，为的是让它推磨。

“嗨！中士！”

他慢慢转动身子，露出睡意惺忪的脸，嘴里不知在嘟囔着什么。接着他又朝着墙壁转过身去，一点也不情愿醒来，又钻进沉沉的梦乡，就像躺在宁静的母腹中的胎儿，就像沉在深邃的海底，拳头一紧一松，不知拽着什么黑色的海藻。应该把他的手指掰开。我们坐在他的床上，其中一个轻轻地把手臂伸入他的颈后，托起这颗微笑着的沉重头颅。这情景就像是在暖和的马厩里，交颈厮磨的马匹之间流露出来的温情。“嘿，老弟！”我生平还从没见过比这更温馨的场面。

中士作了最后一番挣扎，想回到他幸福的梦境，拒绝来到我们这个充斥着炸药、疲惫和寒冷黑暗的世界；但是太迟了。外界事物来逼他就范了。这就像是中学的钟声，每个星期天都慢慢唤醒受罚的学生。他原本早已把书桌、黑板和罚做的作业忘得一干二净。他梦见田野里的游戏，不过是一场空。钟声响个不停，无情地把他带到不平的人间。像他一样，中士渐渐意识到这副疲惫的身躯，这副他不再想要的皮囊，这个刚在寒气中醒来就要忍受关节隐隐作痛，之后是马具的重压，之后是沉重的奔跑，最后是死亡的躯体。倒不如死了，也胜过把手浸在黏糊糊的血泊里挣扎着爬起来，粗声大气地喘息，忍受四周的寒气；一死了之胜过苟延残喘。看着他，我一直想着自己那次醒后的失望心情，又得忍受口渴、烈阳、沙漠，又得承受生命的重负，这个谁都不愿选择的梦境。

但中士已经站在那里，直直地盯着我们的眼睛："时间到了？"

这时候，人出现了。此时此地，人背离了逻辑的种种预测：中士在微笑！他是受了怎样的诱惑？记得在巴黎，某个晚上，梅尔莫兹和我还有其他几个朋友在庆祝，忘了是什么纪念日，拂晓时分我们聚在一家酒吧门口，由于谈了那么多的话，灌了那么多的酒，懒散得无聊而心里烦得要吐。然而，就因为天空已经蒙蒙亮了，梅尔莫兹突然抓住我的手臂，抓得那么紧，以至于我都感到了他的指甲。“你看，这时候在达喀尔……”在那里，这时候机械师在揉着眼睛，取下螺旋桨套；这时候飞行员去查气象预报，这时候大地上活动着的全是我们的同志。天空已经泛起朝霞，人们已经在准备节目，但不是为我们；人们已经铺上宴会的台布，但我们不是宾客。而有的人却冒着生命危险……

“这里多么肮脏龌龊……”梅尔莫兹最后说。

而你，中士，你应邀参加的是什么样的宴会，竟值得你为它去死？

我曾经听到过你的知心话。你跟我讲了你的故事：你是巴塞罗那某个地方的小会计员，以前在那里不过摆弄摆弄数字，并不十分关心自己国家的分裂。但是一个朋友参军了，然后第二个，第三个，你惊讶地发现自己起了异常的变化：你的工作渐渐变得无聊；你的快乐、你的忧愁、你的小小的闲适，这一切都好像是上辈子的事了。都无足轻重了。最后，终于传来了你的一个朋友的死讯，他是在马拉加附近被杀死的。虽然这不是一位你急于想为他报仇的朋友，政治纷争也从未困扰过你，但这条消息却像一阵海风朝你吹来，走进了你狭仄的天地。那天早上，一个朋友看着你：

“去吗？”

“去。”

于是你们两人就这样“去”了。

我心中浮现出几个形象，可以为自己解释你没能用语言表达却确实支配了你行动的这条真理。

在候鸟迁徙的季节，一群群大雁飞过，它们在所飞越的区域引起阵阵好奇的骚动。家鸭好像受到高空中排成人字形的飞行长阵的吸引，笨拙地在地上扑腾。野性的召唤唤醒了它们身上残存的野性，于是农庄里驯养的鸭子在这一分钟里也成了候鸟。在它们懵懂的小脑袋里，从前萦绕的都是乡野的沼泽、小虫子、饲养房这些朴素的形象，如今神往的却是辽阔大地、高空长风和汪洋大海。家禽原来并不知道，它的小脑袋竟能容下那么多的奇思妙想，于是它现在振翅欲飞，瞧不起谷粒，瞧不起虫子，一心要成为野鸭子。

但我回想起最多的还是我的那些羚羊：在朱比

角，我养了几头羚羊。在那里，大家都养过羚羊。我们把它们关在露天的木栅棚里，因为羚羊需要风餐露宿，却又比什么都娇弱。幼小的时候捕来，这些羚羊竟然活了下来并会到你的手里觅食。它们任你抚摸，还把湿乎乎的鼻子伸到你的手心里。于是你以为它们已经被驯服了，以为自己让它们躲过了悄无声息的消亡和夭折的无名哀伤……但那天终于来临了，你看见它们头朝沙漠的方向，把稚嫩的小角抵在栅栏上。它们受到了吸引。它们不知道这是在逃避你。你给它们送牛奶，它们还是会过来喝。它们还会任由你抚摸，照样会温柔地把鼻子凑到你的手心……但你的手一松，就会发现它们似乎在一阵欢快的蹦跳后，又回到木栅旁边。如果你听之任之，它们就会一直待在那里，也不试图冲破栅栏，只是用它们的小角抵着，低着头，一直到死为止。是因为发情期？还是仅仅因为需要奔跑，跑它个气喘吁吁？它们也不知道。当它们被捕来的时候，它们的眼睛还从来没有睁开过。它们对沙漠的自由，就像对雄性的气息一样一无所知。但你比它们聪明，你知道它们在追寻什么，那是能让它们实现自我的原野。它们希望成为名副其实的羚羊，跳它们自己的舞蹈。它们想以每小时一百三十公里的速度笔直朝前逃跑，又突然收住脚步，仿佛沙漠里随处都有火焰从地里冒出。如果羚羊的真理就是品尝恐惧的滋味，只有恐惧才能迫使它们跑得更快，激发它们跳得更高更远，那豺狼又算得了什么？如果羚羊的真理就是在阳光下被尖利的爪子撕裂，那狮子又算得了什么？你看着它们，心里想着：它们是得了相思病了。相思是一种无以名状的渴望……有渴望的对象，却没有言语可以表达。

而我们，我们思念的又是什么？

你在这里寻找什么？中士，谁教你不再背叛你的命运？或许是这只托起你沉睡的头颅的友爱的臂膀，或许是这个无怨无尤、与你患难与共的温柔的笑靥？“嘿！老弟……”就算抱怨，那也是两个人的事，也是需要分担的。但人际关系有一种崇高的境界，到了这个境界，感激和怜悯一样都失去了他们的意义。这时，人就可以像被解放的囚徒一样呼吸。

当我们两架飞机一组，结伴飞越当时尚未归顺的里约德奥罗的时候，我们曾体验过这种团结。我从未听过一个遇难者感谢他的救命恩人。甚至多数情况是：当我们把一袋袋邮件从一架飞机转运到另一架飞机上而疲惫不堪的时候，我们互相责骂："混蛋！我这次出故障，那可全是你的错，明明是逆风，你还偏偏疯了似的要在两千米的高度飞行！要是你跟着我在低空飞行，我们早就已经到达艾蒂安港了！"那位冒了生命的危险，却因为做了混蛋而自惭形秽。可是我们有什么要感谢的？我们的生命也有赖于他。我们是同一棵树上的枝丫。你救了我，我为你而骄傲！

中士，为何那个要你去送死的人却要为你惋惜呢？你们是把别人的风险当自己的风险。在这一刻，人们发现这种不需要语言表达的团结。我理解你为什么离开了。假如你在巴塞罗那是个穷小子，下班后或许还是孑然一身，假如你的身躯无处栖息，在这里，你却有种实现自我的感觉，你加入到集体中去；现在，身为贱民的你，也得到了爱的眷顾。

或许是这些政客们的豪言壮语鼓动了你，而我根本不屑于知道他们的话是否真诚，是否合乎逻辑。如果说这些话在你身上起了作用，就像种子发了芽，那是因为它们迎合了你的需求。你是唯一的评委。只有土地才能辨认出麦子。

3

是一个共同的、尚未企及的目标把我们和我们的兄弟维系在一起，我们就是为它而活着。经验告诉我们：爱绝不是互相凝视，而是一起展望同一个方向。只有绑在同一根绳索上，朝着同一个顶峰攀登并在那里会合的人才称得上是同志。否则，在这个安逸的世界，我们在沙漠里分享最后一点粮食的时候怎么会感到如此快乐和满足？在这件事情上，社会学家的预言又算得了什么？对我们当中所有曾经在撒哈拉沙漠中体验过故障排除后的欢乐的人来说，其他所有的快乐都是那么平淡无奇。

这或许就是当今世界开始在我们周围崩溃的原因。为了捍卫那些许诺他得到圆满的宗教，人人都狂热激昂。我们大家都用自相矛盾的话语，表达着相同的激情。我们在方法上有分歧，而方法只是我们推理的结果；我们在目的上并没有分歧：目的都是同样的。

因而，我们也不必惊讶。某人还不知道自己身上沉睡着一个陌生人，但只要他到巴塞罗那无政府主义者聚会的地窖去一趟，耳濡目染牺牲、互助精神和正义的严峻形象，他就会感到自己身上的那个陌生人苏醒了，他将只知道一个真理：无政府主义者的真理。而某人或许只站过一次岗，保护西班牙修道院一群跪在地上惊慌失措的小修女，那他就将为教会死而无憾。

当梅尔莫兹抱着必胜的信念驾机深入智利境内的安第斯山脉，如果你责怪他这样做错了，因为商人的一封信或许不值得他去冒生命危险，梅尔莫兹只会对你一笑置之。真理，就是当他越过安第斯山脉的时候，在他身上诞生的人。

如果你想用战争的恐怖来说服一个好战的人，你千万不要把他当作野蛮人对待：在评判他之前，先尽量去了解他。

试想一下那位在里弗战争[1]中的南方军官，他指挥一个前沿哨所，哨所夹在抵抗力量占据的两座山头中间。一天晚上，他接待从西山下来的军事谈判代表。正当他们依照礼节喝茶的时候，枪声响了，是东边的抵抗部落向哨所发起了进攻。上尉想把谈判代表送走，以便战斗，而敌方代表却说："今天我们是你的客人。真主不允许我们弃你们于不顾……"于是他们也加入

1 指1925—1926年摩洛哥境内里弗地区的部落和法国、西班牙联军之间发生的战争。——原注

了上尉的队伍，保住了哨所，之后才回到他们的鹰巢。

而轮到他们也向哨所发动进攻的前夕，他们又派了使者来见上尉：

“那天晚上，我们帮了你……”

“没错……”

“我们为你打掉了三百发子弹……”

“没错。”

“把那些子弹还给我们是理所当然的。”

上尉是光明磊落的人，他自然不能利用他人的高尚风格而占小便宜。于是他把弹药如数归还，虽然这些弹药之后是要用来对付他的。

人的真理，在于使其成为一个人。有人体会到人际关系中的这份尊严，行为举止的这份正直，这份息息相关的互相尊重。也有人哗众取宠，对阿拉伯人亲热地拍拍肩膀，以示友善，但在表面奉承他们的同时又在心里侮辱他们。如果前者把自己的高尚品格和后者的庸俗好意进行对照，而你却认为他们不对时，前者也只会对你报以稍带不屑的怜悯。而对的是他。

但你憎恨战争也是对的。

为了了解人和他的需求，为了从本质上了解他，就不能把你们各自的真理壁垒森严地对立起来。不错，你是对的。你们都是对的。道理怎么说都说得通。甚至那些把世间的一切不幸都归咎于驼背的人也有他们的道理。如果我们向驼背宣战，很快我们也将学会这种狂热和冲动。我们将要报复驼背犯下的罪行，当然，驼背也是会犯罪的。

而若想尝试凸显本质，就必须暂时忘掉分歧。这些分歧一旦被公认，就会引出一整本充满了不可动摇的真理的圣书和因此而生的狂热。可以把人分为左派和右派，驼子和非驼子，法西斯分子和民主分子，这些划分都是无懈可击的。但你知道，真理是把世界简化而不是制造混乱。真理就是传达普遍性的语言。牛顿根本不是用解答谜题的方法“发现”了一个长期隐匿的规律，而是作了一次富有创造性的演算。他创立了一种人类的语言，既可以解释为什么苹果会掉在草地上，也能解释太阳为什么会升起。真理，不是自我验证，而是将一切简化。

讨论意识形态又有什么用处？如果所有的这些意识形态都可以得到验证，而它们又都是互相对立的，这样的讨论只会让人的解放变得毫无希望。而人，在我们周围，无论他身在何地，都表达出同样的需求。

我们希望获得解放。用镐锄地的人想知道他锄地的意义。苦役犯的一镐和勘探者的一镐是完全不同的。苦役犯的一镐让他蒙羞，而勘探者的一镐则使他变得伟大。监狱并不在于要人用镐锄地。并不在于对工具的恐慌。监狱在于要人毫无意义地抡镐锄地，并把他和人类大家庭其他抡镐锄地的人隔离开来。

我们要逃出牢笼。

在欧洲有两亿人生活毫无意义，却希望活着。工业让他们失却了农民的传统语言，把他们幽禁在巨大的贫民窟里，这些贫民窟就像塞满了一列列黑色车厢的调车场。在这些工人区的角落，他们要求觉醒。

也有一些人，卷进了各种行业的齿轮，既享受不到先驱者的快乐，也享受不到教士和学者的快乐。人们以为只要供他们吃穿，满足他们的所有要求就行了。于是，人们逐渐把他们造就成库特林[1]笔下的小资、乡村的政客和内心闭塞的技术员。尽管给他们传授了知识，却再没有对他们进行培养。由此，形成了对教

1 乔治·库特林（1858—1929），法国作家，他从自身经历出发，写了一系列辛辣的讽刺喜剧。

育的一种曲解，他就会认为教育就在于把公式背熟。一个专业数学班的差生对自然及其规律的了解要比笛卡尔[1]和帕斯卡[2]来得丰富，但他的心智能和他们一样推理演算吗？

所有人，或明或暗，都有生的欲望。但有些生存之道却是蛊惑人的。诚然，穿上军装可以鼓舞人心，于是他们唱着军歌，和同志们分享面包。他们将找到他们追寻的东西，那就是集体意识。但就为了别人给的那块面包，他们付出的将是自己的生命。

人们可以从地里挖出木头偶像，让那些多少有些灵验的神话再度兴起，让泛日耳曼主义或者罗马帝国的神秘主义死灰复燃。人们可以让德国人以自己是德国人和贝多芬的同胞而陶醉。可以把一个船上的司炉工也哄得得意忘形。当然，这要比把一个司炉工造就成贝多芬来得容易。

但是类似的偶像崇拜是弱肉强食的偶像崇拜。为知识的进步和疾病治疗而牺牲的人，在他们死亡的同

1　笛卡尔（1596—1650），法国哲学家和数学家。
2　帕斯卡（1626—1662），法国学者、哲学家和作家。

时，也是在为生命做出贡献。为领土扩张而献身或许是个壮举，但今天战争摧毁的正是它声称要捍卫的东西。今天，问题已经不在于牺牲一点鲜血来拯救整个种族。战争，一旦有了飞机和毒气的加入，就只是一个鲜血淋漓的外科手术。人人都躲在一堵水泥工事里，想不出别的高招，于是大家都夜以继日地派出成批成批的飞机去轰炸对方的心脏，炸断对方的命脉，使对方的生产和贸易陷入瘫痪。谁腐烂得慢谁就获胜，但结果是双方在同时腐烂。

在一个变成荒漠的世界，我们渴望找到同志：和战友分享面包的乐趣让我们接受了战争的价值观。但我们并不需要战争来获得奔向同一目标时并肩前进的温暖。战争欺骗了我们。仇恨并不会激励我们前进。

我们为什么要互相仇恨？我们生活在同一个星球上，同舟共济，息息相关。如果异质文明的冲突可以促进新的融合是可取的，那么这些文明相互侵轧吞噬就是可怕的。

既然只要帮助我们意识到一个可以把我们彼此联结在一起的目标就可以得到解放，那就应该在把我们联结在一起的地方寻找它。看病的外科医生不会听取他所诊断的病人的诉苦，而是通过这个患者来治愈他身上的“人”。外科医生说的是一种普遍的语言。物理学家也一样，当他思考那些近乎神圣的方程式，并通过这些方程式既了解原子又了解星云的时候。直至最普通的牧羊人也一样。因为这个在星光下谦卑地看护着几只羊的牧人，如果他意识到自己所承担的角色，就会发现自己不仅仅是一个奴仆。他还是一个哨兵，而每一个哨兵都要对整个帝国负责。

你以为那个牧羊人不希望有所觉悟吗？我在马德里参观过一所学校，建在山岗上一堵矮墙后面，离战壕只有五百米。一个二等兵在教植物课，他用手把罂粟花娇弱的器官一片片扯下来，这吸引了一些长胡子的信徒，他们抖落身上的泥土，不顾炮火，爬上山来找他膜拜。一旦在二等兵身边盘腿围坐好，他们就用拳头托着腮，认真地听他讲解。他们皱着眉头，咬紧牙关，对所讲的课知之甚少。但是有人曾对他们说过：“你们是些粗鄙野人，才从兽洞里爬出来，还不赶快去追上人类！”于是他们赶忙迈开他们笨重的步子奋起追赶。

当我们意识到自己的角色，哪怕是最不起眼的角色，我们就会感到幸福。只有这样，我们才能生得坦然，死得从容，因为赋予生命以意义的也赋予死亡以意义。

寿终正寝是那么美好，当一个普罗旺斯的老农享尽天年，把他的那份家产——羊和橄榄树——留给他的儿子，以便他们将来再传给他们的子孙。世代务农，人死也只是死掉一半。每个生命都像豆荚一样，总会轮到它爆裂开来，留下种子。

有一次，我和三个农民一起面对着他们母亲的灵床。这情景当然很悲痛。这就好像第二次，把上一代和下一代连接起来的脐带被割断。这三个儿子发现自己成了孤儿，一切都要从头学起，再没有节日里家人团聚的餐桌，再没有众望所归的磁极。但我也发现，这一断裂可以让生命再现。这几个儿子，也会轮到他们成为一家之主，成为凝聚众人的中心，成为德高望重的老者，到那时，也会轮到他们把持家的重担移交给现在正在院子里玩耍的那群孩子。

我看着那位母亲，这位年迈的农妇，她面容平静而凝重，紧闭双唇，就像变成了一副石头面具。在她脸上，我也认出了儿子们的长相。这个面具曾用来拓印她孩子们的面孔。这具身躯也曾用来铸造她孩子们的身躯，这些俊美的人的样品。现在，她躺在那里，形容枯槁，像一个被抽掉果实的空壳。以后，也会轮到她的儿女，用他们自己的血肉，来铸造新的生命。在农村，生命绵延不绝。母亲死了，母亲永远活着！

悲痛，是的，但这世代交替的景象又是那么朴素，它把一具具白发苍苍的美丽遗骸抛在路上，通过脱胎换骨，走向我尚未知晓的真理。

这也是为什么，那天晚上，我感到小村庄的丧钟并不是绝望的，而是充满了含蓄温柔的欢欣。它用同样的声音来庆祝葬礼和洗礼，再次宣告了世代的传承交替。在听到这位可怜的老妇人和大地的婚礼曲时，大家感到的只是一片恬静。

世代传承就像树木缓慢生长，这就是生命，这也是良知。多么神奇的升华！从一堆岩浆，一块陨石，一个能神奇繁衍的活细胞，我们就是从中诞生出来的，随后，我们逐渐成长，接受教育，直到可以谱写康塔塔[1]，可以探索银河。

母亲传给后代的不仅仅只是生命：她给孩子们传

1　康塔塔，一种有抒情诗风格的音乐剧。

授了一种语言，把世世代代积淀的知识托付给他们，这份精神遗产她也是受之于前人，正是这些传统、观念和神话把牛顿、莎士比亚同那些穴居的野人区分开来。

我们在饥饿的时候感到的匮乏，促使西班牙士兵在枪林弹雨中上植物课，促使梅尔莫兹飞向南大西洋，促使某人致力于写诗的就是这样的匮乏之感。因为人类的创造尚未完成，我们对自己和宇宙应该有所意识。在黑夜里，我们应该架起桥梁。只有那些独善其身、淡漠世事的人才不能理解这一点，但一切都将证明他们的想法是错误的。同志们，我的同志们，我请你们作证：我们在什么时候才感到幸福？

4

在此书的最后一章，我又想起了那些年迈的公务员，在我们第一次出发邮航的黎明，当我们终于得到任用的机会，准备蜕变成人的时候，是他们组成了欢送的队伍。他们其实也是和我们一样的人，只不过他们不知道自己缺少什么。

而沉睡不醒的人真是太多了。

几年前，在一次长途火车的旅行中，我产生了参观这个行进中的王国的念头，我得在那儿关上三天，做三天的囚犯，不得不时刻听着大海翻动卵石般的车轮滚动声，我于是站起身。凌晨一点左右，我穿过了整列火车。卧铺车厢是空的，头等车厢也是空的。

但在三等车厢里，挤满了几百个被法国解雇正准备回国的波兰工人。我跨过他们的身体从过道往回走。我停下来端详。站在夜灯下，在这个没有隔板、像一个通铺房间、散发出一股军营或警察局的气味的车厢里，我看着那一群被列车颠簸得东倒西歪的人群。这群人陷在噩梦里，即将回到各自的贫困中去。几个剃光的大脑袋在木头靠椅上晃动。男人、女人、孩子都侧身朝左靠着，好像在不自觉中也受着这些噪音、摇晃的威胁，他们在睡梦中也得不到安宁。

此时，我觉得他们已经失掉了一半的人性，经济的浪潮把他们从欧洲的一头冲到另一头，抛下北方的小房子，还有小花园和我在波兰矿工家窗前曾经见到过的三盆天竺葵。他们只是把厨房用具、被褥和窗帘收拢来，塞进粗缝滥制的鼓鼓囊囊的包裹里去。而他们曾经抚摸和爱护过的一切，他们在法国逗留四五年间饲养过的猫、狗和天竺葵，都不得不割舍了，他们只能随身带走这些厨房的炊具。

一个婴儿在吮吸母乳，那位做母亲的是那么困乏，就像已经睡着了一样。生命就在这荒谬混乱的旅途上传递着。我看了看那做父亲的，他沉重的秃头就像一块石头。他蜷着身子睡得很不舒服，裹在凹凸不平的工作服里。这男人简直就是一团泥，和半夜躺在菜市场板凳上的那些没有人形的流浪汉没什么两样。但我想：问题不在于贫穷，不在于肮脏，不在于丑陋。因为同一个男人和同一个女人在某一天相识，那男的想必冲这女的微微一笑：下班后想必他还给她带了花回来。男的腼腆笨拙，生怕遭到拒绝；而那女的生性爱俏，自恃貌美，想必要逗逗他，让他不放心。而现在，一个已经沦为一架挖土或敲钉的机器，而过去他的心中也曾有过甜蜜的烦恼。费解的是他们竟然变成了两堆泥。他们是在哪个可怕的模子里待过，竟有着像被冲床冲压过的印迹？一个衰老的动物还能保持他的风采，为什么这个俊俏的人胚却变得面目全非？

我在这群人中继续我的旅行，他们的睡眠也像那些不好的场所一样混浊。粗鲁的打呼声、含糊的抱怨声、半边身子压麻后翻身时大靴子的摩擦声，交织成一片嘈杂声，在空中飘荡。而始终悄悄伴随它的，是大海翻滚卵石的车轮滚动声。

我坐在这对夫妇面前。在男人和女人中间，孩子总算挤到一点空位，他睡着了。他在睡梦中转过身来，我看见夜灯下他的脸蛋。啊！多么可爱的脸蛋啊！他是这对夫妇生下来的一枚金果。就是这两个旧衣烂衫的躯体养出了这么个优雅可爱的孩子。我俯身注视这个光洁的额头，那两片微微噘起的嘴唇，我对自己说：这是一张音乐家的脸，这是童年莫扎特，这是生命的美好许诺。童话中的小王子和他没什么区别：受到保护、关心和培养，他将来做什么不可以呢！当花园里培植出一种新的玫瑰，所有的园丁都为之激动。人们可以把玫瑰隔离、培植、促其生长。但却没有培养人的园丁。童年莫扎特将和其他孩子一样被冲床打上相同的烙印。在音乐咖啡馆乌烟瘴气的氛围里，莫扎特也会把靡靡之音当作音乐的至乐，莫扎特也就毁了。

我回到我的车厢。我对自己说：这些人一点也不为自己的命运难受。在这里折磨我的不是什么慈悲心肠。问题也不在于对着一个永不愈合的伤口表示怜悯。带着这些伤口的人并没有意识到伤口的存在。就仿佛受伤的不是个体，而是人类全体。我不相信怜悯。让我痛心的是园丁的看法。让我痛心的不是这种贫困，因为人在贫困中，久而久之也会像在懒惰中一样安之若素。东方人几辈子都在匮乏中生活，却能坦然自若。我的痛苦也根本不是靠给穷人施舍菜汤就能治愈的。让我痛心的，也不是这些佝胸，这些驼背，这种丑陋。而是在所有这些人的身上，或多或少都有一个被扼杀了的莫扎特。

✦

唯有精神吹拂泥胎，才能创造出大写的人。

附录

飞行员与自然力*

* 本文是 1939 年 6 月在美国纽约出版的《人类的大地》的英文版《风、沙与星辰》中增补的一章，没有收录进 1939 年 2 月在巴黎出版的法文版的《人类的大地》，后于 1939 年 8 月 16 日发表在《玛里亚娜》杂志上。

✦

康拉德[1]，如果他谈论一场台风，他几乎不去描写惊涛骇浪，黑天阴风。他不会用这种素材去表现。而是通过描写挤满了中国移民的底舱，乱七八糟地倒出他们的行李，摔坏他们的箱子，把他们可怜的宝贝家私全混在一起[2]。他们一辈子一文文攒下来的钱财，那些人人相似又各不相同的回忆，一切都搅和在一起，

---

1 康拉德（1857—1924），英国航海家、小说家。著有《海的镜子》《金箭》《台风》《黑暗的中心》等作品。——原注

2 这些中国移民和他们的行李在康拉德的故事中的确起到了很重要的作用："'南山号'轮船从南方来，要驶往福州的商业港口，底舱装了货和两百多名中国苦力，他们在南洋殖民地做了几年苦工后回福建乡下的老家。"（见康拉德的《台风》）——原注

说不上名，道不上姓，分不清是谁的东西。康拉德通过台风为我们展现的是人间悲惨的一幕。

暴风雨后，一旦重新聚在图卢兹的小饭店里，受到女招待的庇护，我们都有不堪回首的感受，我们拒绝谈论刚刚度过的地狱般的经历。我们的故事、我们的手势、我们的豪言壮语肯定会遭到同志们的嘲讽，仿佛我们说的都是孩子气的吹嘘大话。这一点也不偶然。我要谈到的飓风[1]是我见识过的最惊心动魄的经历，但是一旦超过了一定的尺度，我就只会堆砌无数的最高级的形容语，或是用有些不自在的夸张来描绘我所遭受的震动的强度。

我慢慢理解了这种无能为力的深层原因：因为想要描写的悲惨的一幕是以前从来没有过的。如果我们无法再现恐怖的情景，那是因为我们只能事后通过回忆去营造那恐怖的一幕。恐怖并不能真实地被展现出来。

这就是为什么，写这个关于我经历过的自然力肆虐的故事，我的感觉是在写一幕无法言传的悲剧。

1 这里指的是从好望角刮向麦哲伦海峡的飓风。——原注

✦

我离开了特雷利乌[1]中途站，前往巴塔哥尼亚的里瓦达维亚海军准将城[2]。我们飞行在一片起伏不平的土地上，就像用旧了的凹凸不平的锅。没有什么地方像此地一样历经沧桑。风从安第斯山脉的缺口那边刮来，太平洋的高气压经由一条长达一百公里的狭长过道，朝大西洋方向席卷而去，把沿途的一切都卷走了。残损的地表没有一点植被，只有一些石油的油井，仿佛被焚毁的森林。更远处，是一些圆形的丘陵，劲风只留下坚硬的花岗岩的残留，耸立的山脉像艄柱，刀削一般，犬牙差互，瘦得只剩下没有肉的骨头。

夏天有三个月，劲风贴着地刮着，时速最高可达到每小时一百六十公里。我们对它很了解。我的战友和我，一旦飞跃特雷利乌的土地，进入劲风肆虐的过道，我们立刻就感觉到了它那种我说不上来的蓝灰色的存在。预见会碰到巨大的震动，我们扣紧皮带和肩带。从这时起，我们开始了艰难的飞行，在看不见的

1 特雷利乌，阿根廷地名。

2 里瓦达维亚海军准将城，阿根廷南部巴塔哥尼亚地区最大的港口城市。

坑坑洼洼的地上颠簸。那真是体力活。连续一个小时，肩膀就被突变的风向压垮了，我们干的活就跟码头工人的一样。而一小时后，飞得再远些，我们又找回了宁静。

我们的机器硬撑着。我们信任这些机翼。通常能见度很高，不会有什么问题。我们把这样的飞行当作苦差事，但不会把它当作是悲剧。

但那一天，我不喜欢天空的颜色。

✦

天空是蓝色的。一种纯净的蓝色。太纯净了。强烈的阳光照耀在残损的地面上，让这些瘦骨嶙峋的山地显得越来越辉煌。没有一丝游云。但这份纯净的蓝色闪耀着磨得很锋利的刀刃的寒光，比任何时候都亮。

要经历体能考验之前我就有一种模糊的反感。就连天空的纯净本身也让我浑身不自在。

在黑压压的暴风雨中，敌人会现出原形。我们可以衡量它的广度，可以准备对付它的袭击。但是在高空，如果在晴朗的天气遇上蔚蓝色的暴风雨，飞行员就会措手不及，觉得天塌了，觉得飞机下面是一个空洞。

我也注意到其他东西。那就是飞到山脉的高度时，看到的不是雾，也不是蒸汽，也不是沙尘，而是某种灰烬。我不喜欢这些要被风刮到大海里去的沧桑大地的锉屑，我把皮肩带扣到最紧，一只手驾驶飞机，另一只手勾住飞机的翼梁。尽管此时我还飞行在异常平静的天空。

终于它颤抖了。我们都知道预告真正的暴风雨来临的这些隐秘的撞击。飞机既不俯仰也不横滚，没有丝毫大的摆幅。航线保持笔直和水平。但我们在机翼上接收到这些预告：时不时的震动，几乎觉察不到，很细微，传得越来越远，仿佛空气中混杂了火药粉末。

之后在我身边一切都炸开来。

对接下来两分钟发生的事情，我什么也说不上来。在我的回忆中浮现的，只是模糊的想法、粗浅的推理、简单的观察。我不能把它描述成一场戏剧，因为它没有一点戏剧色彩。我只能把它们用某种时间的先后顺序列出来。

开始是我不能前进了。我之前朝偏右方向飞，为了纠正一次突然的偏离，我看到风景慢慢一动不动，之后彻底停滞了。我不能再继续前进。机翼不再和地面平行。我看到大地在原地动摇、旋转：飞机从此失去控制，就像从磨损的齿轮上脱开了。

同时我有一种荒诞的感觉，好像自己暴露了。所有山脊，所有山峰在风中露出它们的形迹，向我挑衅，好像许多门大炮对着我。同时另一种想法也慢慢在我脑子里出现，我要放弃高度，在幽深的山谷，找一处山坡躲避。不管我愿不愿意，我被大地牢牢地吸引着。

就这样，被风暴最初的气浪攫住，二十分钟后，经验告诉我，风速在地表已经达到了惊人的两百四十公里时速，我一点儿也不感到大难临头。如果我闭上眼睛、如果我忘记飞机和航线去尝试描述我在它简单的内部的体验，我会体会到一个扛包裹的搬运工的窘迫，他尽量阻止包裹的下滑，用飞快的动作抓住一样东西，却又引起了另一样东西的跌落，而突然，当他完全淹没在这种荒诞的感觉中，忍不住想松开双臂，干脆让整堆货物掉下来拉倒。没有任何危险的画面纠缠我的思想。那是画面某种最便捷的法则；我们所经历的事件，我们会把它用最直接的征符来概述：我就是那个端着一叠盘子的搬运工，在地板上滑了一跤，于是那一叠陶瓷盘子摔在地上。

现在我是一个山谷的囚犯。我的不适一点儿都没有缓解，反而在加剧。的确，那种震动从来没震死过人。我们知道“被气流的震动摔在地面”的说法只是记者的说法。风怎么会至上而下地朝地面刮呢？但今天，在幽谷深处，我的飞机已经有四分之三失去了控制。而对面的岩石，我看到它左右摇晃，突然升到空中，刹那间悬在我的上方，随后又跌回地平线上。

地平线……而且也不再有地平线。我仿佛被关在一个挂满了布景的剧院的后台。垂直的，倾斜的，横向的，所有的线都混淆在一起。这些横向走向的山脉把我弄糊涂了。我还没来得及弄清自己所在的位置，一阵新的气流就已经让我绕一个小圈或掉头返回。我必须再次摆脱困境。这时候，我脑海里产生了两个念头。第一个是一种发现：我直到今天才明白某些在山区发生的飞行事故的原因，因为没有雾，通常这些原因无法解释。其实只是飞行员有那么一秒钟，在这一景致倒错的华尔兹舞中，把倾斜的山谷和水平面混淆了。另一个念头是一种执拗的想法：一定要飞到海上去。大海是平的。我不会撞到它。

飞机在盘旋，不如说是盘旋的朝东绵延的山谷的舞蹈。这里还没有什么特别让人感动的东西。我在和混乱抗争，因对抗这混乱而筋疲力尽，筋疲力尽地想把彻底坍塌的纸做的城堡重新立起来。当我监狱的一堵墙壁像海底涌浪一样突然升高，我几乎感觉不到一种很单纯的恐惧。当那些活灵活现的山峰向我使绊，当我在气流的震动中穿行，我几乎不紧张。当这些看不见的火药库爆炸，如果说百感交集中有一种情感是清晰的，那是一种尊重的情感。我尊重这山峰。我尊重这锋利的山脊。我尊重这穹丘。我尊重这横向的山谷，天知道它会引起怎样的震动，把它剧烈的气流冲向已经把我包裹其中的气流中。

就这样，我发现我对抗的不是风，而是山峰、山脊和岩石。虽然还隔着一段距离，但我对抗的是岩石。就是用这种拖延的游戏，用这种隐秘的力量的较量，岩石在和我对峙。在我面前，右边，我认出是萨拉曼卡峰，真是理想的山锥，因为我知道它俯临大海。所以我可以躲到海上去！但首先我得穿过这个山峰的气流。就像我们说的，要承受它的“捶打”。萨拉曼卡峰是个巨人……我尊重萨拉曼卡峰。

我有一秒……两秒……的喘息空隙。什么东西缠住了，打了结，拉紧了。我只是感到惊讶。我睁圆了眼睛。好像我的飞机在颤抖，摊开，变大了。在水平位置上，它突然抬高了五百米，仿佛绽放了一般。我突然凌驾在我的敌人之上，而在之前的四十分钟里，我怎么也升不到六十米以上。飞机就像一个烧沸的水壶一样颤抖着。海洋，一望无垠，展现在眼前。山谷朝海洋延伸，朝着拯救……

就在这时，没有任何过渡，我在气流的腹地，在一千米的高度，受到了萨拉曼卡峰的撞击。一切都失控了。我翻滚着朝大海飞去。

✦

现在我面对海岸，引擎大开。垂直向海岸飞去。在那一分钟里发生了很多事情。首先我没有朝大海方向找到一条出路。我被推向大海，就像一声可怕的咳嗽；被我的山谷吐出，就像从炮口中被打了出来。当我为了控制飞机和海岸的距离，转了一个四分之三的弯，我看到大海在十公里外模糊的轮廓，很蓝，就像陌生的海岸。犬牙差互的山峦在纯净天空的映衬下清晰可辨，给我的印象是一座雉堞巍峨的堡垒。我被飓风的强气流压到水面，我很快意识到想逆它飞行将要遭遇的激流的强度，知道自己犯错时已经迟了。引擎大开，时速两百四十公里（当时最高速度），在距离海水的泡沫二十米的地方，我不能再前进了。

一阵风刮来，如果它吹到热带森林，肯定会像火焰一样把枝叶点燃，把它们绞在一起，像拔萝卜一样把巨树连根拔起……在这里，它从山上翻滚下来，压碎了大海。

我用力把发动机推到最大，面对海岸，逆风而行，地面的山峦像长长的爬行动物咬住气流的痕迹，我感到自己抓住了一条巨大的抽在大海上空的鞭子的末端。

✦

在这个纬度上，美洲已经很狭窄了，安第斯山脉离大西洋很近。我所要对抗的不仅仅是压迫我的海岸的山峰，还有从高高的安第斯山脉上向我倾覆下来的整个天空。在这条航线飞了四年，我第一次怀疑我的机翼能否经受住考验。我也害怕猛冲到大海上去，不是因为下降的气流势必会在海平面上形成一个横向的气垫，而是因为每次震动让飞机身不由己地栽跟头。在每次受到冲击前我都担心。事实上，我最害怕的是一旦汽油耗尽，那才是最致命的，飞机会沉没在海里。

我每时每刻都等着我的油泵突然熄火。事实上，颠得那么厉害，半满的油箱或是进油管会突然毫无反应，导致发动机的反复熄火，发出的不再是均匀的轰鸣，而是长长短短的摩尔斯电报一样奇怪的语言。

而此时，我紧紧抓住笨重的交通机的操纵杆，耗尽体力，只体会到一些最基本的情感，一点也没有感到海上风的痕迹。我看到大片大片白色的水洼，纵横八百米，以每小时两百四十公里的速度追着我，在那里，下降的龙卷风把水分开，垂直炸开来。

大海又绿又白。绵白糖的那种白，但有些水洼又是祖母绿的颜色。在这个混乱的喧闹中，我一点也分不清层层的波浪。大海上激流涌动。风在上面留下它巨大的足迹，就像秋天收获的时候，风吹过麦田引起的阵阵颤栗一样。有时，在沙滩之间，海水有种异乎寻常的清澈，可以看到绿色和黑色的水底。之后大海这面巨大的镜子又碎成千千万万片白色的碎片了。

的确，我想自己完了。抗争了二十分钟，我只升了一百米。此外，飞行很困难，在离悬崖峭壁十公里的地方，我问自己，一旦我靠近它，又要如何才能忍受气流的震动。我踩在一堆电池上。但我怎样才能了解恐惧？我的脑子绝对是一片空白，只想着一个简单的动作。拉升、拉升、再拉升。

✦

然而也有过几次暂歇。尽管这些暂歇和我曾经经历过的最凶猛的暴风雨一样剧烈，但相比之下，我还是尝到了放松的滋味。回击不用那么急迫。这些暂时的安宁，我知道如何预知。并不是我朝那些相对平静的区域走去，而是那些大海上近乎绿色的绿洲朝我涌来。在这些水域上空，我清楚地读出一个居住地即将出现。每一次，在短暂的休整期，思考和感知的能力又回到我身上。于是我判断自己完蛋了。于是不安慢慢攫住我。当我看到新的来势汹汹的白色水洼，我突然恐慌起来，直到接近那翻腾的气流，对抗那看不见的大海的确切的时刻。从那一刻起，我再也感觉不到任何东西了。

✦

上升！我还是产生了这个念头。有时候那个平静的区域在我看来好像无限深邃。于是我又产生了那沉徊徊的希望："我要升高……我会在高处遇到其他气流，那些气流会帮助我前进……我要……"，于是我利用休战的间隙试着赶紧爬升。但这很困难，因为下降的风一直是强劲的对手。一百米……两百米……我想："要是我达到一千米，就得救了。"但我在地平线上看到白色的猎犬已经放出来追我了。我赶紧投降免得在危险的位置上被打个正着，被突然抓住。太迟了。第一个绊子就让我翻了个筋斗。于是天空仿佛成了一个光滑的穹顶，我在上面打滑无法站稳。

✦

怎样才能给自己的手下达命令？我刚才的发现让我害怕。我的手麻木了。我的手僵死了。我从它们那里已经无法再接收到任何信息。或许这种情况已经持续有一阵子了，只是我没有注意到罢了。严重的是意识到这一点，并向自己提出这样的问题……

事实上，机翼的扭曲把操纵线路拉紧了，引起方向盘乱抖。四十分钟来，我一直用尽全身力气抓着方向盘，为了能缓冲抖动的幅度，因为我害怕抖动会把线路扯断了。我攥得太紧，手都已经没有感觉了。

多可怕的发现！我的手就跟不是自己的似的。我看着它们，松开一根手指：它听从了我。我看看其他手指，采取了一样的决定。我不知道其他手指会不会服从我，还没有任何信号传来。我心想："如果我的手松开了，我会不会知道？"我猛地低头看我的手：它们还紧紧地握着，但我还是吓了一跳。当手和心的感知没有任何交流的时候，怎样区分一只手松开的情景和松开一只手的决定之间的差别？无意识的还是有意识的动作，怎样把它们分别辨认出来？应该赶走手松开的那个画面。仿佛两手过的是另一种生活。应该避免它们受这种可怕的诱惑。我现在被这个想法纠缠着，一直到飞行结束一刻都不停歇。唯一的想法。唯一的画面。我一直喋喋不休地说着同一句话："我要把手握紧……把手握紧……把手握紧……"，我把自己的思想都集中到这个句子上，再没有白色的大海，没有震动，也没有犬牙差互的山峦，只有我把手握紧。不再有危险，不再有飓风，不再有迷失的大地。只有橡胶一样的手，如果一旦从方向盘上滑开，就不会再有时间重新抓住、在飞机栽到大海里去之前控制住它。

✦

我什么也不知道。我什么也体会不到，除了感觉自己被掏空了。我已经筋疲力尽，抗争的意志也消磨殆尽。我的引擎继续它枯燥的语言，时长时短，就像床单撕裂发出的破裂声。当寂静持续超过一秒钟，我的感觉就像心脏停止了跳动一样。我的油泵供不上油了……完了！不，又启动了……

我在机翼的温度计上看到是零下三十二摄氏度。但从头到脚，我浑身都被汗湿透了。汗从我脸上淌下来。怎样的舞蹈啊！很快我就发现蓄电池挣断了钢索，撞在飞机的舱顶上。我还发现飞机的翼肋已经开了口，一些控制线路已经被磨得只剩下最后的铜丝了。

我越来越虚脱。我不知道极度疲劳后的麻木和宁可一了百了的念头什么时候会突然到访。

对此我有什么可说的吗？没有。我肩膀很痛。非常痛。好像我背了太重的包。我向前倾。在一片绿色水面上，我看到透明的那么切近的水底，我可以看到水里所有的东西。但一阵狂风刮过，画面就被吹模糊了。

✦

经过一小时二十分钟的抗争，我终于爬升了三百米。我看到，在稍南方向，大海上拖了一条长带，好像一条蓝色的河流。我决定转向朝这条河流飞去。此时我进也不是，退也不能。如果能到达那条可以免受不知道什么干扰的通道，或许我就能慢慢朝海岸飞去。于是我让飞机朝左边偏离。我感觉风的强度也减弱了。

✦

飞那十公里的距离花了我整整一个小时。在悬崖的庇护下，我终于完成了南下的飞行。我现在尝试爬高，在大地之上重新朝既定的飞行场地飞去。飞机成功地维持在三百米海拔的高度。天气一直很恶劣，但和刚才已经没法比了。结束了……

在地上，我看到一百二十个士兵。他们是被召集来为我服务的，由于飓风的缘故。于是我降落在他们中间。经过一小时的操作，大家终于把飞机弄进了机库。我从机舱上下来。我什么也没对同志们说。我困了。我慢慢地活动活动手指，并不能让它们灵活起来。我几乎感觉不到自己刚才害怕了。我怕过吗？我刚经历了一个奇特的场面。什么奇特的场面？我不知道。天空很蓝，海水特别白。我应该说一说我的历险，因为我刚刚九死一生！但我一点也不着迷于刚刚经历的事件。“想象一片白色的海……非常白……还要白……”堆砌形容词并不能表达什么。这么结结巴巴是表达不了什么的。

我什么也说不出来，因为没有什么可说的。你搜肠刮肚也不能从脑海中，从肩膀的酸痛中找到什么真正的灾难说给别人听。也不能拿萨拉曼卡尖尖的山峰说事。说山头像一个火药库，如果我这么说，大家都会笑话的，甚至是我自己……我敬重萨拉曼卡峰。就是这样。那不是一幕悲剧。

这里既没有什么悲怆也没有什么感人的，要有，这些情感也只在人与人的交往中存在。或许我明天会感动，当我把我的遭遇美化，想象自己活着，自己还在人类的大地上行走，在飓风的肆虐中得以生还。我会撒个小谎，因为那个浑身胳膊腿都在尽力对抗飓风的人不会想到第二天的幸福。他当时太忙了。

我只得到一个微薄的战果，只带回了一个小小的发现。我的亲身体会就是：当感觉不能被传达时，如何去区分一个简单的情景和一个有意识的行动？

如果我给你们讲某个孩子受到不公正的惩罚的故事，很可能会让你们心头一震。但我把你们卷进一场飓风的故事里或许并不会让你们觉得惊心动魄。同样，难道我们不是每星期都深陷在影院的扶手椅中，看上海“一二八”的轰炸？我们面不改色地欣赏硝烟炮灰从一片火山般的土地上慢慢升到空中，和阁楼上的粮食，几代人的遗产、家庭的财富同时烧成灰烬，慢慢飘进黑色的积云的，还有被焚烧的孩子的血肉。

但肉体遭受的痛苦只有当有人向我们指出它的精神意义时，才能真正触动我们。

安托万·德·圣埃克絮佩里生平和创作年表

祖父母

1833 年

祖父费尔南·德·圣埃克絮佩里伯爵出生在法国波尔多。

1843 年

祖母阿丽克丝－布罗盖尔·德·特雷朗出生在法国图尔。

1862 年

祖父母在图尔结婚。费尔南·德·圣埃克絮佩里在第二帝国时期做过专区区长，之后在勒芒经营一家保险公司。

外祖父母

1838 年

外祖父夏尔－布瓦耶·德·封斯哥伦布男爵出生在法国马赛。

1847 年

外祖母阿丽丝·德·罗玛内·德·雷特朗吉出生在法国绍村城堡。

1873 年

外祖父母在阿尔代什省的拉弗里城堡结婚。夏尔－布瓦耶·德·封斯哥伦布做过财政部的督察员，之后回到故乡的城堡定居，专心于他的领地和音乐。

父母

1863 年

父亲让·德·圣埃克絮佩里出生在法国弗洛拉克，当时他父亲是当地的专区区长。

1875 年

母亲玛丽·德·封斯哥伦布出生在拉弗里城堡。

1896 年

父母在安河畔的圣莫里斯－德－雷芒城堡结婚，城堡是玛丽的姨婆特里戈公爵夫人加布耶尔·雷特朗吉的产业。婚礼也是由这位远亲一手操办的。

1897 年　安托万的大姐玛丽－玛德莱娜·德·圣埃克絮佩里出生，昵称“母鹿”或“咪玛”。

1898 年　安托万的二姐西蒙娜出生，昵称“莫诺”。1978 年去世。

1900 年　6 月 29 日，安托万·让－巴蒂斯特·玛丽·罗杰·德·圣埃克絮佩里出生在里昂，贝拉街 8 号（现为阿尔方斯－富谢街）。6 月 30 日受洗礼。

1902 年　安托万的弟弟弗朗索瓦·德·圣埃克絮佩里出生。

1903 年　安托万的妹妹加布里埃尔出生，昵称“蒂蒂”或“蒂希”。1986 年去世。

1904 年　安托万的父亲去世。
母亲带着五个孩子住进了里昂贝尔古尔广场 3 号特里戈姨婆的公寓，假期则在姨婆和外祖父的城堡里度假。
家里先后有过好几位家庭女教师，其中让孩子们印象深刻的有两位：一位是奥地利人保拉，另一位是法国德龙省的玛格丽特·夏贝，绰号“发霉”。

1909 年　为了靠近夫家，圣埃克絮佩里夫人搬到勒芒，住在克洛－玛戈街 21 号。
10 月，安托万作为受监护的走读生就读于勒芒的圣克鲁瓦圣母教会学校，他父亲也曾就读于这所学校。

1911 年　5 月 25 日，在学校初领圣体。安托万在这所学校一直待到1914年。

1912年 7月底，在安河度假的飞行员加布里埃尔·弗罗布莱斯基－萨尔维（而不是大家常常提到的当时最知名的飞行员儒尔·魏德林）在安贝里厄机场首次带安托万飞上蓝天。

1914年 在圣克鲁瓦学校，安托万创办了一份班级报纸：《高一之声》。他在班上写的一篇故事《一顶高礼帽的历险记》获得年级最佳作文奖。

在勒芒，圣埃克絮佩里家的孩子经常和他们的堂兄丘吉尔和德·西内提见面。

当一家人在外地度假的时候，一战爆发了。圣埃克絮佩里夫人决定暂时不回勒芒，她在离圣莫里斯几公里外的安贝里厄火车站创办并负责一个军事医护点。

安托万上高二，和弟弟一起被送到蒙格雷中学寄宿。很快他们就发现这所学校不适合他们。

1915年 回到勒芒并短暂逗留后，两兄弟被送到瑞士弗赖堡的圣让别墅学校寄宿。这所学校条件舒适，方法现代，和巴黎的斯塔尼斯拉斯中学是友好学校。

在圣让别墅，安托万结识了夏尔·萨莱斯、路易·德·波纳维和马克·萨布朗。

这期间，他读了很多书：巴尔扎克、波德莱尔、陀思妥耶夫斯基。他开始创作亚历山大体的短诗，部分诗歌有留存。他同时也写了几部短剧。

1916年 虽然弗赖堡的教学水平不高，安托万的哲学、物理、化学、音乐和击剑成绩优良。
6 月，安托万高中毕业，成为业士。
7 月 10 日，他的弟弟弗朗索瓦死于关节炎。
10 月，安托万来到巴黎，准备报考海军军官学院。他先后在圣路易中学和博絮埃中学读预科班。

1918 年 安托万写了《小桌的谣曲》，见证了这位理科生对文学始终不变的热忱。
他结识了亨利·德·塞戈涅、亨利·德·维尔莫兰、贝特朗·德·索西内，并和后者的姐姐勒内保持书信往来。
当时他住在巴黎的几位亲戚家，尤其是姨妈伊万娜·德·雷特朗吉家。他把自己最初的文学随笔拿给雷特朗吉夫人看。夫人之后把他介绍给和她有密切往来的《新法兰西杂志》的文学圈子：纪德、让·普雷沃、马克·阿莱格雷。
他的姑姑阿娜伊·德·圣埃克絮佩里介绍他认识旺多姆公爵夫人——比利时国王的姐姐。他母亲的一位朋友若尔丹将军夫人负责给安托万的母亲汇报儿子的情况。

1919 年 6 月，安托万报考海军军官学院，没有通过复试的口试。夏天在贝尚松的维达尔将军家度假学习德语，随后回圣路易中学。
7 月，特里戈公爵夫人去世，把圣莫里斯城堡遗赠给圣埃克絮佩里夫人——安托万的母亲。
10 月，他进入美术学院做旁听生，攻读建筑艺术专业。当时他很欣赏阿尔贝·萨满的《金车》和亨利·巴塔耶的《愚蠢的处女》。
虽然有巴黎几位亲戚的接济，他还是有几个月生活拮据。他住在塞纳河街的鲁西亚娜旅馆非常简朴的房间里。服兵役让他摆脱了窘境。

1921年　4月9日，安托万应征入伍，被编入斯特拉斯堡第二飞行中队，但他对机械师的命运很不满。为了成为军事飞行员，照他自己的说法，必须支付高昂的飞行课，并要先取得民航驾驶员的合格证书。

6月18日，他在民航飞行教练罗贝尔·阿艾比的陪同下首次驾驶法尔芒F-40飞机。

7月底，着陆时，发生了他飞行生涯第一起严重事故，但他平安脱险。

结识让·埃斯科。

8月2日，他被调到卡萨布兰卡的第三十七飞行中队。和马克·萨布朗还有一群朋友重逢。他们一起弹奏音乐并在拉巴特的普里乌将军家晚餐。

12月2日，安托万获得军事飞行证书。随后通过了预备军官生的考试。

1922年　1月23日，以军事飞行见习生的身份被派往伊斯特尔，再次过了一段艰难的日子。

2月5日，他被任命为下士。

3月31日，他被录取到谢尔省的阿沃尔空军学院。在学院和让·埃斯科重逢，后者把他当时最喜欢的作家季洛杜和科克托的作品介绍给他。

8-9月，在凡尔赛实习。

10月，被任命为预备役少尉，编入布尔歇的第三十四飞行中队。

1923年　1月，在布尔歇一架本不该由他驾驶的昂利奥

HD-14 飞机上失事。头颅骨裂，休假 15 天。
6 月 5 日，服兵役结束。安托万当时想加入空军，但受到未婚妻路易丝·德·维尔莫兰家人的反对。他兴味索然地找了一份布瓦隆制瓦厂（总公司）生产监督员的工作。他在巴黎富布圣奥诺雷街 52 号工作，负责会计事务。
秋天，解除订婚。
10 月 11 日，妹妹加布里埃尔嫁给皮埃尔·德·阿盖，一个儿时的玩伴。此后她就生活在阿盖的城堡里。
在给他母亲的一封信中，安托万透露可能会在《新法兰西杂志》上发表一篇短篇小说。

1924 年　1 月 18 日 -2 月 1 日，在维拉古布莱服预备役。
有段时间他住在贝蒂街 12 号的普里乌上尉家，他在摩洛哥认识的朋友。他写信给他母亲说小说他已经写了一半。
3 月，他换了几份工作，都不理想。他回到巴黎，为了能重新在布尔歇和奥利机场飞行并和朋友们重逢。他对卓别林的《朝圣》非常着迷，阅读蒙泰朗的《致凡尔登死难者的挽歌》。
10 月 24 日，他离开薇薇安街 22 号的公寓，和让·埃斯科一起在蒙马特尔高地后面的奥尔纳诺大街 70 号乙的泰坦尼亚旅馆安顿下来。据让·埃斯科说，这次一直住到圣埃克絮佩里 1926 年加入拉泰科雷航空公司。

1925 年　4 月 1 日 -15 日，在奥利度假。
在巴黎，安托万经常出席他姨妈家的沙龙聚会，在那里常常遇见纪德和让·普雷沃，后者当时是《银舟》杂志的编辑部秘书。

据皮埃尔·谢弗叶说，就在这一时期，安托万写了一篇没有发表的短篇小说《舞者玛侬》。在法国国家档案馆收藏了6页名为《永别，诗集》的手稿，收有他的5首诗。

1926年　1月15日，晋升为预备役中尉。

4月1日，《银舟》杂志发表了安托万的短篇小说《飞行员》，这篇小说题为《雅克·贝尔尼的逃离》的片段已经佚失。

是年春天，安托万放弃了在索雷汽车公司的工作，在苏杜尔神父和爱德华·巴雷斯将军的推荐下，进入法国航空公司（C.A.F.）任飞行教练。

7月5日，获民航飞行员证书。

10月11日，博絮埃中学的老校长苏杜尔神甫把他推荐给由拉泰科雷创建的航空总公司的行政主管贝坡·德·马西米。航空总公司也称拉泰科雷公司，于次年改为邮航总公司。安托万被派往图卢兹，那里的开发部主任迪迪叶·多拉想培养他做管理人员。但安托万要求成为航线飞行员。在当了几个月的机械师后，他终于如愿以偿。

1927年　安托万成了一名图卢兹－卡萨布兰卡－达喀尔航线的飞行员，和其他航空事业的先锋一起工作：瓦歇、梅尔莫兹、艾蒂安、吉尧梅、雷克里凡。

4月，拉泰科雷将公司卖给马赛尔·布约－拉封，公司改为邮航总公司。

6月2日，安托万的大姐在圣莫里斯－德－雷芒去世。

这个夏天，他在达喀尔住了一个月的医院。

10月19日，他被任命为朱比角（里约德奥罗）

机场场长。他负责航线飞机在机场的中途停靠，和负责确保受摩尔人威胁的整个地区安全的西班牙殖民军保持良好关系。

1928 年　一整年，安托万都在朱比角度过。他写了《南线邮航》。航空运输继续发展。

3 月 1 日，每周一趟的法国 - 南美洲邮航服务业务首航。

4 月 16 日，里约 - 布宜诺斯艾利斯夜航首航。

6 月，安托万大姐创作的关于自然和动物的短篇小说集《母鹿的朋友们》出版。

在朱比角：

7 月 18 日，解救飞行员里盖尔。

9 月 17 日，试图营救被摩尔人俘虏的飞行员雷纳和工程师塞尔。他们直到 10 月才被释放。

11 月，解救飞行员维达尔，此人后来接替了圣埃克絮佩里在朱比角的职务。

这一年里，安托万阅读了玛格丽特·肯尼迪的《忠心的水仙女》、安德烈·巴永的《卢森堡的球螋》、他喜欢的吕克·杜尔丹的《莫斯科和他的信仰》、他钟爱的科克托的《白日的诞生》，还有他厌恶的莱昂·都德的《白日梦》。

1929 年　3 月，安托万从非洲回来，被介绍给加斯东·伽利玛，伽利玛在和他签约出版《南线邮航》的同时，还预签了他的 7 部小说。

安托万到布雷斯特参加短期训练，获海军航空兵高级飞行员证书。

他在图卢兹试飞拉泰 25 和 26。

7 月 14 日，途经门多萨的布宜诺斯艾利斯 - 圣地亚哥航线首航（飞行员为梅尔莫兹，乘客是吉尧梅），安托万于此时被调到南美工作。

10月12日，他来到布宜诺斯艾利斯，和梅尔莫兹、吉尧梅一起参加由迪迪叶·多拉负责的开拓南美洲大陆航线的工作。

担任邮航公司所属的“阿根廷邮航”公司负责人，他开创了巴塔哥尼亚航线（从里瓦达维亚海军准将城到蓬塔阿雷纳斯）。他执行了多次勘测飞行任务并建设了特雷利乌和布兰卡港的航空基地。

写作《夜航》。

《南线邮航》在巴黎出版，安德烈·伯克莱给书作了序。

1930年 一整年，安托万都在阿根廷度过。

4月7日，他因为在民航工作成绩突出，荣获法国荣誉军团骑士勋章。

5月12–13日，跨大西洋首次商业飞行由梅尔莫兹、达布里和吉米叶驾驶水上飞机拉泰28.3完成。

6月13–18日，安托万驾机搜寻在安第斯山脉失踪的吉尧梅。

9月，在萨尔瓦多出生的阿根廷籍女子龚苏萝·苏辛（1902–1979）由朋友介绍认识了安托万。龚苏萝当时是知名记者戈梅兹·卡特罗的遗孀，亡夫留给她一些阿根廷的地、一栋位于法国蓝色海岸西米埃的别墅和一套巴黎卡斯泰朗路10号公寓，巴黎这个地址后来成了圣埃克絮佩里的住址，直到1934年。

10月，阿根廷爆发革命。龚苏萝怕发生意外，在未来丈夫圣埃克絮佩里之前动身去法国。

1931 年　1 月，圣埃克絮佩里的母亲来到布宜诺斯艾利斯。

2 月，圣埃克絮佩里得到为期两个月的休假，和母亲一起回法国。

3 月，邮航公司爆发财政丑闻，多名领导辞职，其中包括圣埃克絮佩里推崇的迪迪叶·多拉，于是圣埃克絮佩里决定不再返回阿根廷。

3 月底 -4 月初，他把《夜航》的手稿读给来阿盖附近度假的雷特朗吉夫人和纪德听。据说是纪德自己提议为《夜航》写序。

4 月 12 日，在本堂神甫苏杜尔的主持下，圣埃克絮佩里和龚苏萝在阿盖举行宗教仪式婚礼。

4 月 22 日，两人在尼斯市政厅登记结婚。

5-12 月，圣埃克絮佩里驾驶拉泰 26 负责南美航线卡萨布兰卡 - 艾蒂安港段的夜航。

《夜航》出版。

10 月 24 日，乔治·夏朗索勒在《文学短篇小说》上发表了关于《夜航》的第一篇评论文章。

12 月 4 日，《夜航》获费米纳奖。很快被翻译成英语和德语，并于 1933 年由米高梅公司拍成电影，克拉伦斯·布朗导演，巴里摩尔、克拉克·盖博、罗伯特·蒙哥马利主演。

12 月 24 日，在阿盖的家中过圣诞节。休假的圣埃克絮佩里生活拮据。

1932 年　2 月 18 日，为钱烦恼的圣埃克絮佩里重新开始为邮航工作。驾驶水上飞机飞马赛 - 阿尔及尔航线，获水上飞机民航飞行员合格证书。

6-7 月，圣埃克絮佩里的母亲把圣莫里斯 - 德 - 雷芒的产业卖掉。正在休假的儿子帮她搬家。她之后定居在加布里的村庄。

圣埃克絮佩里被调到卡萨布兰卡负责卡萨布兰卡－达喀尔的邮航。年轻夫妇卖掉歇米叶的别墅，搬到卡萨布兰卡的诺里街居住。生活一直拮据。
10月26日，他在加斯东·伽利玛刚刚创办的第一期《玛里亚娜》杂志上发表文章《航线飞行员（一）》歌颂邮航事业和多拉。在同一杂志上，他于11月30日和12月14日，发表《在巴塔哥尼亚停靠》和《阿根廷的公主们》，后一篇文章经过改动收录进《人类的大地》。

1933年　1月16日，梅尔莫兹驾驶有三个发动机的"彩虹号"首次跨南大西洋邮航。
8月30日，法国政府将几家航空公司合并，成立法国航空公司（简称"法航"）。
没能进法航工作，圣埃克絮佩里为生活所迫，进了拉泰科雷公司做水上飞机的试飞员，先在图卢兹，之后在圣洛朗迪蓬和圣拉斐尔。
12月21日，由于操作失误造成着陆事故。他差点淹死在圣拉斐尔海湾自己驾驶的飞机里。

主要发表　1月25日在《玛里亚娜》上发表《梅尔莫兹》。
5月17日在《玛里亚娜》上发表《摩尔克人的奴隶巴尔克》，之后收入《人类的大地》。
8月22日在《玛里亚娜》上发表《关于高多和罗西》。
年初，他写了电影剧本《安娜－玛丽》。

1934年　4月26日，回到巴黎，住在卡斯代拉内街道10号，圣埃克絮佩里进入"法航"，负责业务宣传。在法国和外国作了多次演讲报告。
7月12日，出差去西贡。他在那里遇见做档案管理员的二姐西蒙娜。在湄公河口发生的一起发动机故障使他没能去成柬埔寨的吴哥。

7 月 24 日，“法航”负责的南大西洋每月一次的飞行业务走上轨道。

8 月 12 日，圣埃克絮佩里在巴黎病了。开始和皮埃尔·比永一起将《南线邮航》改编成电影。此时由克拉劳斯·布朗导演的美国电影《夜航》在巴黎上映。

主要发表 1 月 24 日在《玛里亚娜》上发表《‘祖母绿号’的终结》，记叙了 1 月 15 日驾机失踪的莫里斯·诺盖和艾玛纽尔·肖米埃。

2 月 28 日在《玛里亚娜》上发表《航空的伟大和约束》。

11 月 21 日在《玛里亚娜》上发表《第十四届航空展》。

1935 年 严重的经济困难。龚苏萝搬到蒙塔朗贝街的皇港旅馆居住。

4 月 5 日，圣埃克絮佩里以《巴黎晚报》特派记者的身份赴莫斯科进行为期一个月的采访。

5–6 月，《不妥协报》的主编勒内·德朗吉和让·吕卡介绍他认识雷翁·维尔特，后者成了他最后几年的最好的朋友。维尔特又介绍他认识了一些左派名人，如维克多·塞尔吉和亨利·雅宋。

10 月，在摩洛哥为《不妥协报》写一篇报道，但突然中止。

11 月，在年轻的工程师让－玛丽·孔蒂和机械师安德烈·普雷沃的陪同下，他驾机周游地中海，在卡萨布兰卡、阿尔及尔、突尼斯、开罗、亚历山大、大马士革、伊斯坦部尔、雅典等地演讲。
导演雷蒙·贝尔纳开始拍摄《安娜－玛丽》。
12 月 29 日，驾驶刚购买的西穆飞机和安德烈·普雷沃试图打破巴黎－西贡（今越南胡志明市）的飞行时间记录。在 30–31 日夜间，飞机在到达开罗前坠落在利比亚的撒哈拉沙漠腹地。

主要发表　是年春天，在《法国航空杂志》第 29 期上发表"回忆毛里塔尼亚"。5 月 2、14、16、19 和 21 日在《巴黎晚报》上发表《苏联系列报道》。
8 月 7 日在《玛里亚娜》上发表《梅尔莫兹，航线飞行员》。
是年冬天，在《法国航空杂志》第 4 期上发表《我们可以相信飞机让世界变小了》。

1936 年　1 月 1 日，一支沙漠里的驼队搭救了圣埃克絮佩里和普雷沃。
1 月 10 日，约瑟夫·凯塞尔在《甘果瓦》杂志上发表《圣埃克絮佩里肖像》。
1 月 20 日，到达马赛。
7 月 17 日，西班牙内战爆发。
8 月，圣埃克絮佩里被《不妥协报》派往西班牙卡塔卢尼亚前线采访。
12 月 7 日，"南十字架号"飞机和它的机组人员消失在茫茫大海，其中包括梅尔莫兹。

主要发表　1 月 6、30、31 日和 2 月 1、2、3、4 日在《不妥协报》上独家发表他在利比亚沙漠的经历。
5 月 2 日，在《出版纵览》上发表《为了更好地活着》。
8 月 12、13、14、16、19 日在《不妥协报》上发

表《西班牙系列报道》。
12月10日在《不妥协报》上发表《四十八小时的沉默后，我们几个还没有放弃寻找梅尔莫兹》。
12月13日在《不妥协报》上发表《应该继续寻找梅尔莫兹》。
12月15日在《航空生活报》上发表《梅尔莫兹，虽败犹荣的英雄》。
12月16日在《玛丽亚娜》上发表《致梅尔莫兹》。

1937年　2月7日，圣埃克絮佩里驾驶自费购买的新西穆飞机 F-ANXK 为“法航”勘察一条卡萨布兰卡－廷巴克图－巴马科－达喀尔新航线。
6月9日，晋升为预备役上尉。
4-7月，对西班牙进行第二次采访。此次他是作为《不妥协报》和《巴黎晚报》的特派记者前往卡拉邦塞尔前线采访。开始为创作《堡垒》做准备。
8月，驾驶他的西穆飞机在德国旅行。

主要发表　1月22日在《不妥协报》上发表《梅尔莫兹开垦了沙漠……》，之后收入《人类的大地》。
4月2日在《不妥协报》上发表《吉尧梅的感人事迹》。
是年夏天在《法国航空杂志》的专号上发表《赶紧去旅行》。
6月27、28日，7月3日和8月3日在《巴黎晚报》上发表《马德里报道》。

1938年　1月，圣埃克絮佩里把私生活的麻烦抛到身后，独自去了纽约。这是他第一次去美国。
2月14日，在普雷沃的陪同下，他驾驶西穆飞机试图打破纽约－火地岛的飞行记录。他的飞机在危地马拉失事。圣埃克絮佩里受了重伤。
3 月 28 日，昏迷了几天后，他回到美国疗养，重新开始写作。创作《人类的大地》。让·普雷沃介绍他见了希区柯克出版社的负责人。他新书的英文版将以《风、沙与星辰》的书名出版。
是年春天，回到法国，他去阿盖看望了家人。他为安娜·莫罗－林登博格的《风起了》写了序。
7 月 1 日，乘坐“诺曼底号”邮轮回纽约，给了英文译者部分《人类的大地》的手稿。
安托万和龚苏萝达成协议，决定分居一段时间。
9 月，在维希疗养。
9 月 30 日，慕尼黑协定签订。

主要发表　10 月 2、3、4 日在《巴黎晚报》上发表《和平还是战争？》。
11 月 8 日和 15 日在《巴黎晚报》上发表《历险和中途停靠》。
在纽约，雷纳尔和希区柯克出版社出版了一本小书《风之花园》，之后也收入《人类的大地》。

1939 年　1 月，圣埃克絮佩里晋升为法国荣誉团的军官。
2 月 16 日，《人类的大地》在法国出版。在美国，《人类的大地》被评为“月度最佳书”，很快成为畅销书。
12 月 14 日，《人类的大地》获法兰西学院小说大奖。
7 月 7 日，随同吉尧梅一起驾驶豪华的水上飞机“巴黎舰上尉号”回美国，试图打破飞越大西洋的飞行记录。
7 月 14 日，回到巴黎。为龚苏萝租了树叶居。月末，圣埃克絮佩里再次乘坐“诺曼底号”邮轮去纽约。

8 月 6 日，在《玛丽亚娜》上发表《飞行员和自然力》。

8 月 26 日，回到了战争阴云笼罩的法国，30 日到达勒阿弗尔。

9 月 3 日，英国和法国对德国宣战。

9 月 4 日，圣埃克絮佩里在图卢兹应征入伍，以上尉军衔任技术教官，负责培训飞行员。

11 月 3 日，尽管健康状况不佳，他还是设法进了第三十三飞行大队第二中队执行空中战略侦察任务。在“奇怪战争”的那个冬天，侦察任务越来越危险。

1940 年　4 月，他写信给他母亲在必要时照顾“可怜的、完全被抛弃的小龚苏萝”。

5 月 23 日，执行前往阿拉斯的侦察飞行任务，此次任务给了他写作《战地飞行员》一书的创作灵感。

5 月 28 日，比利时投降。

6 月 2 日，受到空军部的嘉奖，获十字勋章。

6 月 10 日，法国大溃退开始。

6 月 16 日，贝当政府要求停战。

6 月 18 日，戴高乐将军在伦敦向法国广播，呼吁同胞在他的领导下继续抵抗。

6 月 22 日，圣埃克絮佩里随同所在的第三十三飞行大队第二中队的军官们一起到了阿尔及尔。

6 月 22 日，法国和德国签订停战协定。

7 月 11 日，圣埃克絮佩里退役。

8 月初，回到法国，圣埃克絮佩里感到迷茫，他住在阿盖，创作《堡垒》。

10 月，到维希和巴黎办理去美国的签证。十月中旬，他在维尔特家住了几天，读了《堡垒》的开头给他听。他在马赛最后一次见到伽利玛。
11 月 5 日，他回到阿尔及尔，随后陪同尚贝将军到摩洛哥。
11 月 16 日，到达里斯本。
12 月 31 日，他和让·雷诺阿乘坐同一条船到达纽约。

1941 年 1 月，圣埃克絮佩里住在纽约南中央公园 240 号 27 楼。他为在美国居住的法国人的分裂深感痛惜。
1 月 31 日，他在《纽约时报》上发表声明，拒绝接受维希政府的所谓国民议会的任命。写作《战地飞行员》和《小王子》。
2 月初，给安德烈·布勒东写了一封没有寄出的信。
6 月 22 日，德国对苏联宣战。
6 月，他在洛杉矶第一次遇见空气动力学家西奥多·卡门教授。
是年春天至夏天，动了一场外科手术，住在加利福尼亚。继续空气动力学方面的研究。出院后，皮埃尔·拉扎雷夫为他安排了住宿。

1942 年 年初，龚苏萝来到纽约。
2 月，在纽约出版《飞向阿拉斯》(《战地飞行员》)，贝尔纳·拉莫特画的插图。
4-5 月，加拿大报告会。
7 月，圣埃克絮佩里让他的翻译将一份北非登陆计划转交参谋部。
夏天，他创作《小王子》并自己画插图。
8 月，盟军在北非登陆。
11 月 11 日，德军占领法国自由区。
11 月 27 日，伽利玛出版社出版《战地飞行员》。

11月29日，《纽约时报》上刊登《给法国人的公开信》，这封信在11月20日的《加拿大报》上已经刊登过法文版。
12月19日，在《为了胜利》周刊上，雅克·马利坦表示他不同意《给法国人的信》上的观点。
12月，《战地飞行员》被维希政府查禁。

1943年 3月，就在圣埃克絮佩里在纽约四处找机会加入空军的时候，在蒙特利尔发表了《给朋友的信》，也就是《给人质的一封信》的第一部分。
4月6日，雷纳尔和希区柯克出版了《小王子》。
4月20日，离开美国前往北非。
5月4日，到达阿尔及尔。他住在医生朋友乔治·贝里西家。他和纪德重逢，阅读亨利·米肖的作品。
5–6月初，经过短训后，他回到了驻扎在摩洛哥乌季达的第三十三飞行大队第二中队。这支飞行中队由美国人指挥，当时装备了非常新式的“莱特宁”P38飞机。
5月30日，戴高乐来到阿尔及尔。
6月3日，《给人质的一封信》在纽约发表。
6月19日，圣埃克絮佩里获得高空飞行资格证书。
6月25日，他晋升为指挥官。
6月28日，他的朋友奥歇台在一次飞行训练中意外身亡。
7月10日，盟军在西西里岛登陆。
7月21日，圣埃克絮佩里开始执行第一次飞行任务：侦察拍摄罗纳河谷和普罗旺斯地区。
8月1日，他执行第二次飞行任务返回，着陆花的时间久了一点，可能是因为刹车有点失灵。
8月12日，事故后，指挥官告诉他已经超过了

P38 的飞行员的年龄限制 35 岁，他被限制飞行。
不能飞行让圣埃克絮佩里非常消沉，也由于健康原因，他又回到阿尔及尔的医生贝里西家。
10 月 30 日，戴高乐将军在阿尔及尔发表演说，在提到法国著名作家的时候，没有提莫罗瓦、圣琼－佩斯和圣埃克絮佩里的名字。
收到龚苏萝寄给他的放草稿的箱子后，他继续写作《堡垒》。
11 月 5 日，他在贝里西医生的公寓摔了一跤，身体不适，精神抑郁。
12 月，《战地飞行员》初版在里昂秘密发行，之后 1944 年在里尔有另一个版本发行。

1944 年　2 月，在阿尔及尔的《方舟》杂志第一期上发表《给人质的一封信》。
在夏辛上校的帮助下，地中海的空军总指挥官伊凯尔准许圣埃克絮佩里返回第三十三飞行大队第二中队，但他只允许圣埃克絮佩里执行五次飞行任务。
4 月 9 日，戴高乐接替吉罗任法国抵抗队伍的总指挥。
5 月 16 日，圣埃克絮佩里再度开始飞行，但遇到各种各样的困难。
6 月 4 日，盟军进入罗马。
6 月 6 日，右翼发动机起火。与此同时，盟军在诺曼底登陆。
6 月 15 日，氧气吸入器故障。
7 月 17 日，第三十三飞行大队第二中队驻扎在科西嘉岛的波尔戈。
7 月 31 日，他在格勒诺布尔－昂贝略昂－安西地区执行他的第十次飞行任务，一去不返。次日，他本来要被告知盟军在普罗旺斯登陆的时间，而获知这个军事机密后他就会被禁止飞行。

8 月 1 日，让·普雷沃被德军击落。

8 月 15 日，盟军在普罗旺斯登陆。

12 月 4 日，伽利玛出版社首次出版《给人质的一封信》。

1944 年后

1945 年 7 月 31 日，圣埃克絮佩里因飞机失常遇难，在斯特拉斯堡大教堂举行全国悼念。

1948 年 3 月 1 日，伽利玛出版社出版《堡垒》。

1948 年 5 月 8 日，安德烈·卢梭在《费加罗文学报》上发表了第一篇关于《堡垒》的评论文章。

1953 年，出版《年轻时代的通信》（1923–1931）

1955 年，出版《给母亲的信》。

1956 年，出版《生活的意义》。

1965 年，先贤祠里摆放了一块纪念圣埃克絮佩里的牌子。

1969 年，圣埃克絮佩里的母亲继《诗歌》（1956）之后，发表《回忆》。1971 年她又出版了一个文集《我听我的树唱歌》。她于 1972 年去世，享年 97 岁。

1982 年，《写给战争》出版。

1984 年，在法国国家档案馆举办“安托万·德·圣埃克絮佩里展”。

1998 年 9 月 7 日，突尼斯渔民水手哈比·贝纳莫尔在卡西斯的海上打捞到圣埃克絮佩里的手镯。

2003 年 9 月，飞机的部分残骸被打捞上来。

译后记

风、沙与星辰

1931年《夜航》出版并荣膺费米娜奖，安托万·德·圣埃克絮佩里一举成名，作家的光环让他成了法国方兴未艾的飞行大队中最受世人瞩目的明星。一时间，他璀璨的光芒令航线上的其他优秀飞行员黯然失色。就是从那时起，圣埃克絮佩里萌发了一个念头：写一本书，赞颂和他一起开拓航空事业的英勇无畏的同志，记录他们满腔热忱、不畏艰险、友爱互助的真实事迹，这本书就是1939年2月在伽利玛出版社出版的《人类的大地》。

《人类的大地》一书从动笔到最终完成出版酝酿了很长时间，仿佛圣埃克絮佩里一直在等，等生活慢慢积累、慢慢沉淀，等自己的思路渐渐从风、沙与星辰中找到一条最稳妥的航线，从一次次的出发和到达中恢复那份喧嚣过后的平静和从容。

✦

从一开始，圣埃克絮佩里就没打算写一部虚构作品，他要写的是一部真实的史诗，描绘航空为人类带来的新的视界和新的可能，勾勒在二十世纪初从事这一刚刚起步的“伟大事业”的先驱们的英雄事迹。他最先确定的人物是吉尧梅：1930 年 6 月 13 日，吉尧梅驾驶的飞机坠落在安第斯山脉的雪山冰谷里，凭着惊人的勇气和毅力，吉尧梅忍饥挨饿在荒山野地里坚持走了整整一星期，最后奇迹般地获救。纪德在 1931 年 3 月 31 日的日记中也提到圣埃克絮佩里“计划写吉尧梅的传奇遭遇对他产生的影响”。

1932 年 10 月 26 日和 11 月 2 日，在加斯东·伽利玛创办的《玛里亚娜》周刊上，圣埃克絮佩里发表了《航线飞行员》，追忆邮航事业走过的艰难历程，赞颂航空事业的拓荒者迪迪埃·多拉；随后又在同一杂志上发表了《巴塔哥尼亚中途停靠》《阿根廷的公主们》《梅尔莫兹》《摩尔人的奴隶巴尔克》《“祖母绿”号的终结》《飞行的约束和伟大》《梅尔莫兹，航线飞行员》《致让·梅尔莫兹》等系列文章，大部分都记录了飞行员的飞行生活，尤其是成功地塑造了梅尔莫兹的英雄形象，颂扬他的才能、友爱和无私奉献的精神。至此，《人类的大地》第二章“同志们”和其他章节的一些片段渐渐浮出水面。

1935-1937，圣埃克絮佩里与《不妥协报》和《巴黎晚报》合作，写了莫斯科之行和西班牙之行的相关报道，还讲述了1935年他和普雷沃在利比亚驾机失事后在茫茫沙漠里行走和获救的经历。与此同时，他继续报道他所熟悉的飞行事业和飞行员生活，如“梅尔莫兹开垦了沙漠、高山、黑夜和海洋”“应该继续寻找梅尔莫兹”“吉尧梅的感人事迹”等。

但这些零散的报刊文章一直没有结集成书，或许是作者一直没有找到把它们贯穿起来的线索。1938年2月，圣埃克絮佩里驾驶飞机在危地马拉发生意外，伤得很重，一度不省人事、生命垂危。在疗养复原期间，纪德建议他用现有的素材“写一个连贯的故事，某种和康拉德为水手们写的美妙的《海的镜子》类似的东西……像一捧花一束草，不拘泥于地点和时间：用飞行员的感受、激情和思索组合起来。”于是，圣埃克絮佩里着手对以前写的片段文章进行整理和改编。美国出版商雷纳尔和希区柯克公司（Reynal et Hitchcock）对他正在进行的写作表示了极大的关注，他们聘请了翻译家勒维斯·加兰蒂尔（Lewis Galantière）。1938 年 4 月，在美国养病的圣埃克絮佩里把手稿交给译者，英文版书名定为《风、沙与星辰》（*Wind, Sand and Stars*）。

✦

但英文版和《人类的大地》法文版最后的定稿并不全然一致。1938 年，圣埃克絮佩里为《巴黎晚报》写了《历险和中途停靠》《和平还是战争？》等多篇报道，他依然迷恋沙漠那份苍凉、原始、纯粹的美丽，依然向往云上或静穆祥和或变幻不定的日子，但他开始更多地思索“地上”的严峻现实和“人类”共同的命运。1938 年 9 月，德、英、法、意签订《慕尼黑协定》，允许德国吞并捷克斯洛伐克西部苏台德区的解决办法，二战一触即发。在《人类的大地》的尾声中，那趟满载着从法国被遣送回国的波兰非法劳工的列车，那张天真无邪、尚未“被扼杀的莫扎特”的孩子的脸，或许就是作者向世界发出的喑哑而沉痛的呼救。也正是在 1938 年底的样稿上，圣埃克絮佩里把最初的法文书名《大风中的星辰》（*Etoiles par grand vent*）改成《人类的大地》，一个更有道德感、使命感的书名。“今天，问题已经不在于牺牲一点鲜血来拯救整个种族。战争，一旦有了飞机和毒气的加入，就只是一个鲜血淋漓的外科手术。人人都躲在一堵水泥工事里，想不出别的高招，于是大家都夜以继日地派出成批成批的飞机去轰炸对方的心脏，炸断对方的命脉，使对方的生产和贸易陷入瘫痪。谁腐烂得慢谁就获胜，但结果是双方在同时腐烂。”作家飞行员拒绝腐烂。

1938 年 7 月，圣埃克絮佩里乘坐“诺曼底号”邮轮回到纽约，他找到译者把修订的法文书稿给他，但译者却不同意删节“那些优美而感人的段落”，并提醒圣埃克絮佩里之前答应给美国出版社新增的两章也一直没有给。最终英文版比法文版篇幅更长，而且还多出一章“自然力”。那是作家在回法国前，花了两天多时间在纽约丽兹饭店的房间里赶出来的，描绘他在巴塔哥尼亚驾驶飞机和狂风作殊死搏斗的经历，也有人认为那是《风、沙与星辰》一书最动人的篇章。

圣埃克絮佩里打电话给伽利玛，让出版社停止印刷，想把这一章补到《人类的大地》中去，但为时已晚。1939 年 2 月 16 日，《人类的大地》在伽利玛出版社出版，12 月 14 日获法兰西学院小说大奖；英文版以《风、沙与星辰》为名于 1939 年 6 月在纽约出版，随即入选美国当月最佳小说，并于 1940 年 2 月 24 日被评为 1939 年美国年度小说。

1939 年 8 月 16 日，《玛利亚娜》杂志 356 期刊以《飞行员与自然力》为题，刊登了美国版中多出来的这一章以飨法国读者，这也是为什么，在此次新版的中文版《人类的大地》中，我也希望以附录的形式增补这一章。

✦

熟悉圣埃克絮佩里全部作品的人很容易发现《人类的大地》的八个章节全部是由作者以前写过的文章整合串联而成，只是增加了一些段落过渡和简短的阐述生发，但为什么不熟悉圣埃克絮佩里其他作品的读者阅读起来并不会有拼凑堆砌零乱之感？那或许是因为所有的断章都是用一种崇高的“使命感”缝合的，一种萨特所谓的用晦涩的方式论证的“模糊的人道主义”。之所以晦涩，之所以模糊，我想是因为萨特是哲人，哲人注重头脑，而圣埃克絮佩里是诗人，诗人注重的却是心灵，尽管后者在《堡垒》里也承认“心灵压倒灵魂是坏事，情感压倒思想是坏事”。

圣埃克絮佩里一直都在聆听心灵的真实感受，和同时代的其他作家相比，他更多地保留了一份对质朴生活的热忱和对未来的乌托邦式的纯真理想。因为我们是同一棵树上的枝丫，是同一个大家庭里的成员。我们住在同一个地球上，所以我们需要学会爱，学会朝同一个人类的目标共同前进，所以圣埃克絮佩里一直深情地呼唤牧羊人的守护，园丁的培育，要点亮一盏黑夜的灯，要架一座通向黎明的桥……

他对作为工具的飞机的认识有一种后现代的清醒：“我们不过是一群未开化的年轻人，我们的新玩具让我们惊叹不已。我们的飞行根本没有其他意义。无非是让飞机飞得更高、跑得更快。我们忘了为什么要它飞行。飞行本身暂时压倒了它的目的。对于要创建一个帝国的殖民者而言，生命的意义就是征服。士兵看不起垦荒者。但是征服的目的不正是要让这些垦荒者安居乐业吗？因此在科技进步的热潮中，我们奴役人去修铁路、建工厂、钻探石油井。我们有点忘记了，我们搞这些建设原本是为了让它们服务于人类。我们的征服进程中的心理，就是一个士兵的心理。但现在，我们要进行开垦。要让这所尚未成形的房子充满生机。”真理，他说，就是有些人盖房子，有些人在里面住。

对机器文明的贪恋会让我们在不知不觉中迷失创造的初心，忘了“创造的极致”是“不露斧凿的痕迹”。人性化的工具应该是“在仪器中，所有看得见的机械设置都渐渐隐匿了，交到我们手中的是像被大海磨光的鹅卵石一样浑然天成的物品。它的可贵就在于，在被使用的时候，它能渐渐让我们忘记那是一台机器”。圣埃克絮佩里告诉我们：“完美并不在于增无可增，而在于减无可减。几经演变，机器终于变得不着痕迹。”

✦

只有人才是最根本、最重要的。不能浑浑噩噩地活着，“要给生活一个意义”，“人的幸福不在于自由，而在于承担责任”。每个人都是人类文明的缩影，从某种意义上说，是飞行让圣埃克絮佩里的认识有了

“高度”，让他的视野冲破了“民族”和“种族”的局限。一次飞机在利比亚沙漠坠毁，他和普雷沃走了七天后获救，他这样描写当时的感受：“救了我们的利比亚的贝都因人，你将永远消失在我们的记忆里。我再也记不起你的面容。你是大写的人，你同时又是以所有人的面孔出现在我面前。你从来没有仔细端详，却已经认出了我们，你是亲爱的兄弟。而我，我也将在所有人身上认出你。在我眼里，你浑身洋溢着高贵和善良，你就像有权力赐人以水的伟大天主。我所有的朋友、所有的敌人都附在你身上朝我走来，在这个世界上，我已经不再有任何一个敌人。”

这就是圣埃克絮佩里笔下的大地，也是我们所有人的大地，是同一个模子印出了我们的面容。我就是你，而你也就是我。

不论过去，现在，将来。

虽然这一刻，迷失在诗人的光芒里，我们只是平凡的等待精神吹拂的泥胎。

2004 年 9 月 一稿

2015 年 9 月 二稿

2021 年 1 月 修订

安托万·德·圣埃克絮佩里
Antoine de Saint-Exupéry
1900年6月29日-1944年7月31日
法国作家、飞行员

他一生挚爱冒险与自由，身兼法国最早一代飞行员与作家两份职业。一面为国家开拓了多条重要航线，一面用小王子与玫瑰俘获了全世界读者的心。他在暗夜中守候黎明，在风暴和乱云间寻找中途站，他不是描写飞行的第一人，却第一次以俯瞰的视角探索文明与人生的真谛。

图书在版编目（CIP）数据

人类的大地 /（法）安托万·德·圣埃克絮佩里著；黄荭译. — 上海：东方出版中心，2021.7（2023.8重印）
ISBN 978-7-5473-1848-5

Ⅰ. ①人… Ⅱ. ①安… ②黄… Ⅲ. ①散文－法国－现代 Ⅳ. ①I565.65

中国版本图书CIP数据核字（2021）第126876号

人类的大地

著　　者　〔法〕安托万·德·圣埃克絮佩里
译　　者　黄　荭
策划编辑　张馨予
责任编辑　张馨予
装帧设计　付诗意

出版发行　东方出版中心
地　　址　上海市仙霞路345号
邮政编码　200336
电　　话　021-62417400
印 刷 者　上海盛通时代印刷有限公司

开　　本　787mm×1092mm　1/32
印　　张　8.25
字　　数　113千字
版　　次　2021年7月第1版
印　　次　2023年8月第3次印刷
定　　价　48.00元